내가 제일 잘 나가는 재벌이다

봉황송 현대판타지 장편소설

내가 제일 잘나가는 재벌이다 7

초판 1쇄 발행 2024년 4월 18일

지은이 ㅣ 봉황송
발행인 ㅣ 최원영
편집장 ㅣ 이호준
편집디자인 ㅣ 최은아
영업 ㅣ 김민원 조은걸

펴낸곳 ㅣ ㈜ 디앤씨미디어
등록 ㅣ 2002년 4월 25일 제20-260호
주소 ㅣ 서울시 구로구 디지털로32길 30 코오롱디지털타워빌란트 1301-1308호
전화 ㅣ 02-333-2513(대표)
팩시밀리 ㅣ 02-333-2514
E-mail ㅣ papy_dnc@dncmedia.co.kr
블로그 ㅣ blog.naver.com/gnpdl7

ISBN 979-11-364-5349-5 04810
ISBN 979-11-364-4879-8 (SET)

※ 저자와 협의하여 인지는 붙이지 않습니다.
※ 이 책은 ㈜ 디앤씨미디어(파피루스)가 저작권자와의 계약에 따라 발행한 것으로 본사와 저자의 허락 없이는 어떠한 형태나 수단으로도 내용을 이용할 수 없습니다.

PAPYRUS MODERN FANTASY

내가 제일 잘나가는
재벌이다 ⑦

봉황송 현대판타지 장편소설

제1장. SF 패션 ········· 7

제2장. 전천후 천재 ········· 33

제3장. 지분 투자 ········· 57

제4장. 특급인재 ········· 83

제5장. 황금 알 ········· 109

제6장. 그레이스 켈리 ········· 135

제7장. 기준 ········· 161

제8장. 컨슈머 리포트 ········· 187

제9장. 판매 중단 ········· 213

제10장. 후폭풍 ········· 241

제11장. 시세삼도 ········· 269

제12장. 방문 판매 ········· 295

제1장.

SF 패션

SF 패션

"착각인지 모르겠지만 아무리 봐도 곡을 완성한 모습이네요."

라운이 마지막까지 차준후를 찔러 봤다.

이 곡이 광고에 삽입할 경우, 파생될 지대한 효과에 눈이 살짝 돌아간 탓이다.

"저도요."

사만다 월치도 왠지 모르게 차준후가 곡을 모두 연주할 수 있다고 느꼈다.

"감독님! 기존 광고의 콘셉트를 모두 버리세요. 카메라 테스트를 해 봐서 알겠지만 이번 광고의 콘셉트는 해변에서 미니스커트를 입고 춤추는 여성의 아름다움입니다."

차준후가 말머리를 아예 돌려 버렸다.

"쩝! 무슨 이야기를 하는지 알 것 같네요. 그런데 새롭게 콘셉트를 잡아서 크리스마스 전에 광고하려면 시간이 매우 촉박합니다. 부분 수정을 하는 건 어떻겠습니까?"

라운이 결국 곡에 대한 욕심을 내려놓고 광고 콘셉트에 대해 의논하기 시작했다.

크리스마스이브인 24일에 SF-NO. 1 밀크를 비롯한 화장품을 미국 전역에서 일제히 판매하기로 계획되어 있었다.

그 계획에 맞춰 광고를 내보내기 위해서는 모든 일정이 원활하게 착착 진행되어야만 가능했다.

"부분 수정만으로는 제품의 매력을 온전히 발휘할 수 없어요. 새로운 광고 콘셉트와 콘티는 제가 직접 짜겠습니다."

차준후가 이번 광고를 진두지휘하겠다고 선언했다.

해변을 배경으로 해서 대인기를 끌었던 미래 광고 영상의 하나를 가지고 올 생각이었다.

미래 광고와 미니스커트의 복장을 합쳐서 영상을 만들고, 거기에 명곡의 여덟 마디 음악을 삽입할 작정이었다.

한마디로 미래에 성공했던 광고와 영화, 음악이 총망라된 영상 제작이었다.

"콘티가 뭡니까?"

"글로 이루어진 각본을 시각 매체인 그림으로 옮겨서 연출한 설계도가 콘티 아닙니까?"

차준후는 콘티가 만화나 광고계에서 자주 사용하는 기법으로 알고 있었다.

"아! 스토리보드를 말씀하시는 거군요. 일본에서는 콘테라 부른다고 듣기는 했습니다만 콘티는 처음 들어봅니다."

"……그렇군요. 한국에서는 주로 콘티라고 부릅니다."

차준후는 쉽게 사용하던 단어의 변천사를 알게 됐다.

오히려 라운은 새로운 것을 알게 되었다면서 기뻐했다.

콘티는 일본에서 자의적으로 해석한 뒤 축약해서 발음까지 바꾼 콘테 단어가 한국으로 넘어와 다시 발음이 변형된 것이다.

1930년대 초반 디즈니 스튜디오에서 최초의 스토리보드가 고안됐다.

"스토리보드를 직접 만드시겠다고요?"

"스토리보드를 보고서 마음에 안 들면 거절해도 괜찮습니다."

"아닙니다. 어떤 스토리보드를 가지고 올지 무척 기대된다는 소리였습니다."

라운은 천재인 차준후가 만든 스토리보드를 보고 싶었다.

'다방면에 능숙한 천재인가? 정말 대단한 재능을 가지고 있구나.'

음악처럼 대단한 작품을 가지고 올 가능성이 높아 보였다.

"언제까지 가능할까요? 최대한 빠를수록 좋을 텐데, 일반적으로는 한 달 정도가……."

"내일 점심 전까지 완성해서 가져다드리죠."

"……허어, 기다리겠습니다."

일반인들은 머리를 쥐어짜 가면서 오랜 시간 노력해서 만들 스토리보드를 천재는 하루도 안 돼서 완성시킬 수 있는 모양이었다.

천재적 재능을 일반인들은 따라갈 수가 없었다.

당연히 일반인의 시선에서 천재를 재단해서도 안 됐다.

'역시 대단한 분이야.'

'괜히 천재라고 불리는 게 아니구나.'

'천재가 각광받는 데는 다 이유가 있는 거였어.'

차준후를 바라보는 여인들의 눈길에 호감이 잔뜩 어려 있었다. 특히 그 가운데 사만다 윌치의 눈빛이 예사롭지 않았다.

"스토리보드를 작성하는 데 그렇게 오래 걸립니까?"

"간혹 그럴 때도 있죠. 대부분은 회의를 통해서 스토

리보드의 방향성을 결정하는 데 시간이 상당히 많이 걸려요. 의견을 조율하는 데 있어서 상당한 진통이 따르기도 하고요. 저녁에 스토리보드를 짜서 이튿날 아침에 완성했다는 전설적인 이야기는 들어본 적이 있기는 하지만 직접 경험해 본 적은 없군요."

"아! 그렇군요."

광고 업계에 대한 지식이 부족한 차준후가 현실을 깨달았다.

과도하게 지식을 뽐낸 게 아닌지 걱정이 됐다.

에이!

알게 뭐야.

미래의 안티 에이징 화장품도 일찌감치 현실에 등장시켰는데, 이런 사소한 걸 신경 썼다가는 제명에 살지 못하는 법이다.

"그럼 내일 봅시다."

차준후가 돌아가서 편안한 시간을 가지기로 했다.

여유로운 개인 시간에 너무 많은 시간을 업무와 관련되어 소모해 버렸다.

스카이 포레스트의 업무가 중요한 만큼 자신만의 개인 시간도 소중했다.

"스토리보드, 기대하고 있겠습니다."

"주신 기회에 보답할 수 있도록 열심히 노력할게요."

라운 감독과 사만다 월치를 비롯한 여인들이 스튜디오 밖에까지 나와 차준후를 배웅했다.
"언니들! 오늘 제대로 연습해 보자."
"물론이지. 죽을 각오로 해야지."
"광고에서 멋진 모습을 보여 주자."
"모두 함께 잘해 보자고."
"화이팅!"
광고 모델이 된 여인들이 의욕을 불태웠다.
"내일부터 광고 찍을 수도 있으니까, 밤늦게까지는 연습하지 마세요. 눈 밑에 다크 써클이라도 생기면 골치 아픕니다."
"감독님 말씀처럼 조심할게요. 텔레비전을 통해 광고를 한다는 건 알겠는데 규모가 어느 정도나 되나요?"
"의뢰주에게 못 들은 모양이군요. 모든 언론 매체를 동원하여 미국 전역에서 대대적으로 할 겁니다."
"그 말씀은?"
"텔레비전, 라디오, 신문, 잡지 등 거의 모든 매체에서 얼굴을 알린다고 생각하세요. 의뢰주가 엄청난 광고비를 투자하기로 했으니까요."
라운이 진행되고 있는 광고에 대해 알려 줬다.
"사만다 덕분에 우리가 정말 제대로 된 기회를 잡았어."
"이거 꿈은 아니지? 너무 좋아서 꿈처럼 느껴져."

"광고에서 뜨면 우리도 무명에서 벗어날 수 있는 거야."

"광고에 나온 순간부터 무명이 아닌 거야. 뜨는 날만 남아 있어."

네 명의 여인들이 자신들에게 찾아온 갑작스런 행운에 호들갑을 떨었다.

"내 매력을 제대로 보여 줄 거야."

사만다 윌치가 손수건을 손에 쥔 채 굳게 결의했다.

천재 차준후에게 매력적인 모습만 보여 주고 싶었다.

그것이 천재와 오랜 시간 함께할 수 있는 길이었으니까.

계속해서 만나고 싶은 매력적인 남자 차준후였다.

* * *

"직접 그린 건가요?"

다음 날, 라운이 스토리보드를 보고서 고개를 갸웃하며 물었다.

책상 위에는 스토리보드가 가지런히 펼쳐져 있었다.

"네."

"음! 하늘이 공평한 면이 있네요."

스토리보드에는 유치원에 다니는 어린아이가 그린 것

처럼 조악한 그림들이 그려져 있었다.

만약 모르는 사람이 가지고 왔다면 당장에 휴지통으로 직행했을 정도였다.

"네?"

"아닙니다. 다시 그려야겠네요."

"마음에 들지 않습니까?"

"내용은 대만족입니다만, 지금 이 그림으론 알아보기 힘드네요. 그래도 광고를 드라마처럼 만든다는 생각 자체가 아주 기발합니다."

흥분한 탓에 라운의 목소리가 높아졌다.

스토리보드 안의 내용들은 흔해 빠진 광고가 아니라 한 편의 드라마처럼 구성되어 있었다. 짧은 30초 안에 춤을 추는 여인의 이야기가 기승전결의 형태로 녹아 있었다.

심하게 조악한 그림을 볼 때는 식겁했지만 연출을 할 수 있는 광고 구성과 내용을 보면서 라운은 심장이 두근거렸다.

지금까지의 광고를 평범하게 만들어 버리는 광고 스토리보드였다.

라운이 스토리보드를 정리해서 책상 한쪽에 잘 올려놓았다.

"……다행이군요."

자신의 조악한 그림 솜씨를 알고 있는 차준후가 안도의

한숨을 내쉬었다.

"이제 광고만 제작하면 되겠네요. 촬영 현장에 나와 보실 거죠?"

"제가 할 일이 많아서요. 촬영은 감독님에게 전적으로 맡기겠습니다."

뭐든지 전문가에게 맡겨야 하는 법!

귀찮은 면이 컸지만 비전문가가 참견하면 배가 산으로 갈 수도 있었다.

"오시면 엄청난 도움이 될 것 같은데요?"

라운은 촬영하다가 변경해야 할 사항이나 연출에 있어서 차준후의 도움을 받고 싶었다.

"수고해 주세요. 촬영 완성본을 보면서 이야기를 나누면 충분하겠습니다."

완성본이 기대했던 수준을 못 미치면 재촬영을 요구하면 그만이었다.

'제가 잘 굴려 드리죠.'

원하는 광고를 만들기 위해서는 미숙한 라운을 잘 굴려야만 했다.

아직 처녀작도 발표하지 못한 감독이었다.

처음부터 완성도 높은 제대로 된 작품이 나온다고 믿지 않았다.

예술이라는 건 살펴보면 항상 미진한 부분이 나오기 마

런이니까.

 꼼꼼하게 살피면서 지적하기 시작하면 한도 끝도 없다.

 차준후의 머릿속에는 라운이 보여 줬던 영화의 아름다운 영상들이 가득 차 있었다.

 그걸 바탕으로 라운을 굴릴 생각이었으니, 라운의 앞날에 혹독한 배움의 가시밭길이 펼쳐져 있는 셈이었다.

'음! 왠지 모르게 춥네.'

 감이 좋은 라운이 자신도 모르게 몸을 떨었다.

 서늘한 느낌에 고개를 들어 차준후와 눈을 마주쳤다.

"잘 부탁드립니다. 좋은 영상을 만들어 주실 거라고 믿습니다."

 발전 가능성이 높은 천재적 재능을 가진 감독이 보여 줄 광고 영상이 너무나 기대됐다.

"최선을 다하겠습니다. 미숙하다 보니 부족한 점이 많으니, 언제라도 채찍질을 달게 받겠습니다."

 라운이 믿고 맡겨 주는 만큼 결과물로 보답하겠다는 각오를 다졌다.

"그 말씀을 들으니 정말 믿음이 갑니다."

 맘에 쏙 드는 대답에 차준후가 환하게 웃었다.

 이렇게까지 이야기해 주니 한결 마음 편하게 굴릴 수 있게 됐다.

*　*　*

 밀레니엄 스튜디오가 산타모니카 해변에서 광고 촬영으로 분주하게 움직일 때, 차준후도 미국 시장 개척과 함께 화장품 제작을 위해 돌아다녔다.
 장치 산업으로 분류되기도 하는 화장품은 뛰어난 품질의 혁신적인 화장품을 만들기 위해서는 기반 산업과 주변 환경 등이 요구된다.
 차기 화장품을 만들기 위해서는 시트 원단과 부직포를 만들거나 실을 짜 낼 수 있는 시설들이 필요했다.
 의류 공장들에 들어가는 시설 장비들이 있어야 한다는 소리였다.
 이것으로 끝이 아니다.
 고부기 기치를 기지고 있는 마스크팩을 만들기 위해서는 까다로운 공정을 거치기에 철저한 위생 관리와 첨단 설비가 갖춰져야만 했다.
 마스크팩 개발에 관해서는 세계 최고의 독보적인 지식을 가지고 있지만, 이걸 활용하기 위해서는 그에 걸맞은 장비가 필요했다.
 "사장님, 여기 말씀하신 공장들 명단입니다."
 "고생했습니다."
 "폐업했거나 폐업 신고를 한 공장들 명단을 관공서에

서 편하게 구해 왔습니다."

미국에는 수많은 의류 공장들이 있었다.

소자본으로 시작할 수도 있는 의류 사업은 경기만 잘 타면 짧은 시간 내에 많은 돈을 벌 수 있는 업종이었다.

이런 장점 때문에 미국에는 한때 수많은 의류 공장과 중소사업체들이 산재해 있었다.

그러나 이런 소규모 공장들의 좋은 시절은 이제 지나갔다.

공장들은 원가 절감이 가능한 대량 생산을 통해 시장 지배력을 키워 나갔다.

덩치가 큰 기업들은 전국 규모의 영업망을 만들었고, 의류 산업의 주류로 떠올랐다.

기업들은 나날이 사세를 키워 나갔고, 각종 의류의 공급자로서 확고한 상권을 형성하였다.

규모가 작아서 소량 생산만 가능한 업체들은 대량생산이 가능한 기업들과 경쟁이 되지 않았다.

물론 덩치를 키워 나가는 대기업들에게도 고민은 있었다.

미국에서 의류 제작 산업의 추세는 사양길에 들어섰다.

많은 노동력이 필요한 의류 제작 업체들은 임금이 싼 해외로 공장들을 옮기고 있었다.

아직까지 미국에 의류 공장들이 남아 있었지만, 대규모가 아닌 중소의류 공장들은 나날이 줄어드는 실정이었다.

"그런데 의류 공장은 왜 알아보시는 겁니까?"

"화장품 생산 품목을 다양화하기 위함입니다."

"의류 공장이 화장품과 연결됩니까?"

토니 크로스가 황당한 표정을 지었다.

"여인들은 피부를 촉촉하게 만들기 위해서 얇게 자른 오이를 얼굴에 붙입니다. 효과는 있지만 불편하고 번거롭지요."

"맞습니다. 제 부인도 간간이 얼굴에 오이를 붙입니다."

"오이를 대신하여 얼굴에 붙일 원단을 의류 공장에서 만들 생각입니다."

차준후는 마스크팩 시트 원단을 의류 공장에서 생산해서 조달할 작정이었다.

SF-NO.1 밀크의 성분을 담으면 고기능성 마스크팩이 만들어진다.

각 기능성에 특화된 고농축 성분을 위생적인 환경에서 만들어진 깨끗하고 순수한 시트에 담아서 선보일 생각이었다.

단순히 한 개의 제품이 아닌 8종의 제품을 각각의 중요한 핵심 성분을 담아 다양화하면 스카이 포레스트의 라인이 더욱 풍성해진다.

'피부를 개선시켜 주는 콜라겐 마스크팩은 아직 시기상조이겠지.'

처진 피부에 직접 실을 흡수시켜 당겨 주는 마스크팩 제품 제작 방법도 차준후의 머릿속에 있었다.

화학적 반응을 통해 교차 결합 구조를 이루게 함으로써 인장력과 고정시켜 주는 힘이 높아지는 원리를 이용한 것이다.

'지금은 고기능성 마스크팩만으로도 충분하다.'

고기능성 마스크팩은 온도와 유수분 밸런스를 조절해 줘서 피부 트러블과 홍조 등의 문제를 잡아 주고, 잡티를 줄여 주며, 피부를 촉촉하게 해 주면서 피부색에까지 좋은 영향을 준다.

얼굴 피부에 대한 고민을 가지고 있는 여성들에게 최고의 선택이 바로 고기능성 마스크팩이었다.

시대를 앞서 나간 고기능성 마스크팩은 단연코 세계 최고일 수밖에 없다.

"마스크팩을 만들기 이전에 의류 직원들이 해 줘야 할 일이 있습니다. 미니스커트를 만들 수 있는 디자이너들을 모아 주세요."

차준후는 시장 조사 차원에서 상점들과 백화점들을 돌

아다녀 봤지만, 마음에 드는 미니스커트를 발견할 수가 없었다.

유명한 잡지들을 살펴봐도 미니스커트를 찾아보기 힘들었고, 간혹 미니스커트를 입은 모델의 사진이 있기도 했지만 차준후의 눈에 무척이나 부족해 보였다.

결국 직접 만들기로 했다.

애당초 이렇게 될 줄 알았지만 이 시대에는 발품을 팔아 가면서 사람들을 고용한 뒤 땀 흘려야 원하는 수준의 물건을 얻는 게 가능했다.

전생에 미니스커트를 많이 보고 겪었지만 이걸 제작해 낸다는 건 다른 분야였다.

탄탄한 경험을 가지고 있는 의류 공장 디자이너 전문가들의 도움을 받아야 했다.

전문가들과 함께 혁신적인 미니스커트를 선보일 계획이었다.

"알겠습니다."

토니 크로스는 빠르게 움직였다.

쇠퇴해 가고 있는 미국 의류 사업에 어떠한 새바람을 불러일으킬지 조금이라도 빨리 보고 싶었기 때문이었다.

인수한 공장들의 디자이너들을 모아서 하나의 팀으로 만들었다. 순식간에 자체적으로 SF 패션의 디자인팀이 구축됐다.

실내에 십여 명을 약간 넘는 디자이너들이 모여 있었다.

"제가 만들고 싶은 의류는 미니스커트입니다."

처음으로 대면한 자리에서 듣는 차준후의 이야기에 디자이너들은 반박할 수밖에 없었다.

무엇보다 사장의 의견이 중요했지만 그렇다고 해서 디자이너들이 맹목적으로 순응하는 건 아니었다.

"좋은 생각이 아닙니다."

"맞습니다. 미니스커트는 많이 팔리는 상품이 아닙니다."

디자이너들의 대부분은 부정적인 반응을 내보였다.

동종업계 최고의 대우를 약속한다는 조건에 혹했지만, 미니스커트는 아무래 생각해도 아니었다.

그도 그럴 것이 부도덕한 치마라고 손가락질받는 미니스커트를 찾는 여성들은 많지 않았다.

"실용적이면서 세련된 미니스커트는 기존의 패션과 다르게 억압받지 않는 자유로움의 상징이 될 겁니다. 디자이너 여러분은 저마다 생각하는 최고로 아름다우면서도 실용적인 미니스커트를 디자인하시면 됩니다."

시간이 촉박했기에 차준후가 밀어붙였다.

짧은 시간 안에 얼마나 완성도 있는 미니스커트를 제작할 수 있느냐에 따라 광고의 파급력이 달라진다.

"잘못되면 손실이 큽니다."
"디자인할 상품을 다시 생각해 봐야 할 겁니다."
디자이너들이 우려를 나타냈다.

전에 다니던 공장이 실적 부진으로 폐업했는데 이번 SF 패션까지 망하면 답이 없었다.

사실 지금 SF 패션에 있는 디자이너들은 벌이가 그렇게 좋지 않았다.

잘나가는 사람들은 일찌감치 좋은 직장에서 모셔 갔고, 실력이 떨어지는 디자이너들만 남아 있는 셈이었다.

"손해가 아니라 막대한 이득으로 돌아올 겁니다. 여러분이 제작하는 미니스커트는 미국 전역에 내보낼 광고에서 모델들이 착용할 예정이니까요. 모델이 입는 미니스커트를 디자인해 내면 포상금과 함께 판매에 따른 성과급을 지급하겠습니다."

차준후가 미니스커트 제작의 당위성과 함께 당근을 제시했다.

"미니스커트 광고라고요?"
"SF-NO. 1 밀크 화장품 광고에서 모델들이 입을 겁니다. 의류 광고가 아니지만 미니스커트도 크게 주목받을 거라고 말씀드릴 수 있습니다."

차준후의 말이 디자이너들의 귓가에 맴돌았다.

그저 그런 실력을 지닌 그들에게 미국 전역에 내보내는

광고에서 자신이 디자인한 옷이 나온다는 건 엄청난 일이었다.

돈을 떠나서 예술을 하는 사람들에게 자신을 알리는 건 무척이나 중요한 일이었다.

유명해지지 않아서 문제일 뿐, 사람들에게 알려지면 부귀영화는 자연스럽게 따라온다.

"어떻게 만들면 됩니까?"

"한번 해 보겠습니다."

디자이너들이 열정을 드러내면서 엄청난 속도로 미니스커트를 만들어 내기 시작했다.

"밋밋한 것보다는 주름치마처럼 주름을 주는 편이 좋습니다."

차준후는 주름 하나, 원자재인 패브릭의 작은 차이까지 꼼꼼하게 살폈다.

회귀하기 전에 무수히 보았든 미니스커트의 세련되면서 실용적이든 모습을 떠올리면서 디자인팀에서 만든 치마를 검사했다.

반려당하고 많은 수정을 요구당하면서도 디자이너들은 자신의 작품을 내보일 수 있다는 사실에 의욕을 불태웠다.

그렇게 광고에서 사용될 다섯 종류의 세련되면서도 실용적인 미니스커트가 완성됐다.

신소재 패브릭과 함께 독특한 개성을 담고 있는 미니스커트에 차준후는 샤인이라는 이름을 붙였고, 특허를 출원했다.

미니스커트를 통해 화장품 시장을 공략하겠다는 계획의 실현이 이제 코앞으로 다가왔다.

* * *

태평양을 건넌 상선이 항구에 도착해서 선적한 컨테이너들을 하역했다.

그 가운데에는 스카이 포레스트의 화물들도 포함되어 있었다.

200만 달러어치의 화장품들이 미국 전역으로 흩어졌고, 그 가운데 일부가 트럭에 실려 로스앤젤레스로 이동했다.

* * *

사만다 월치를 비롯한 여인들이 한 방에 모여 있었다.
좁은 실내에 옹기종기 모여 텔레비전 앞에서 떠나지 못하고 있었다.
"언제 나온다고 했지?"

"뷰티 월드 프로그램 방송 전에 처음으로 나온다고 했잖아요. 이제 나올 때가 됐어요."

파이브 핑거 다섯 여인은 자신들이 출연한 광고를 보기 위해 텔레비전 앞에서 대기 중이었다.

기대와 초조 그리고 불안 등으로 인해 하루 종일 다른 일들은 손에 잡히지도 않았다.

"광고가 잘될까?"

"미니스커트 입었다고 욕만 잔뜩 먹을 수도 있어."

얼떨결에 광고를 찍고 그 과정이 무척이나 행복했지만. 과연 제대로 만들어졌는지 의문이었다.

미국 전역에 방영되는 광고들 가운데 이처럼 번갯불에 콩 볶아 먹는 것처럼 빠르게 찍은 건 손가락에 꼽을 정도로 적었다.

짧은 시간에 만들어진 광고들의 효과는 대부분 좋지 않았다. 광고 업체들이 많은 시간과 노력을 기울여가면서 영상을 만드는 데에는 모두 이유가 있었다.

스카이 포레스트의 광고는 광고 업계의 성공 법칙을 비껴서 제작됐다.

그녀들의 우려는 통계를 바탕으로 볼 때 나름 합리적이었다.

"언니들, 다 잘될 거예요. 우리 광고는 하늘 높이 뜰 게 분명해요."

"정말?"

"천재인 광고주님을 믿으세요. 그분이 직접 광고를 기획했고, 감미로운 음악까지 만들었잖아요. 실패할 수가 없어요."

사만다 윌치는 성공한다는 확신을 가지고 있었다.

경력이 전혀 없는 그녀에게 상당히 파격적인 광고료를 지급해 줬고, 광고를 최적으로 찍을 수 있게 머리카락과 피부 등을 관리해 줬으며, 심지어 연기 학원까지 다니도록 해 줬다.

광고 한 편을 찍는데 신인들에게 이처럼 파격전인 지원을 해 준다는 이야기는 지금껏 들어 본 적이 없었다.

"너무 맹목적인 거 아닐까?"

"막내의 말처럼 됐으면 좋겠다."

"믿으세요. 광고주님을 믿는 사람에게 복이 올 테니까요."

자신감 넘치는 사만다 윌치의 표정이었다.

'요즘은 왜 오시지 않는 거야? 얼굴을 보기 힘들잖아.'

너무나도 아쉬웠다.

차준후는 광고 제작 초반에만 한 번 모습을 드러냈다.

언제 오나 기다렸지만 아쉽게도 그 뒤로 차준후는 제작 현장에 얼굴을 비추지 않았다.

다시 한번 보게 되면 감사 인사와 함께 식사라도 하고

싶었는데…….

 분위기 좋은 식당에서 오붓하게 단둘이…….

 뇌리에 차준후와 함께 데이트 비슷한 식사하는 장면이 떠올랐다.

 "모두 조용히 해. 이제 시작한다."

 그녀의 망상은 맏언니의 외침과 함께 끝나고 말았다.

 소시지 광고가 끝난 텔레비전에서 그녀들의 모습이 나타났다.

 "이렇게 들으니 정말 음악이 좋네."

 "다시 들어도 명곡이야. 이런 명곡과 함께 광고를 찍었다는 게 믿기지 않아."

 다섯 명 모두는 텔레비전에서 들려오는 익숙한 목소리를 듣는 순간 전율했다.

 사만다 월치의 청량한 미색이 흘러나왔는데 듣자마자 빠져들었다.

 브라운관 안에서 환하게 웃는 사만다 월치가 핫핑크 미니스커트를 입고 매력을 발산했고, 그 뒤에서 네 명의 여인들이 춤을 추고 있었다.

 "와아! 정말 좋다."

 "텔레비전에서 우리가 나오고 있어."

 오디션에서 줄줄이 낙방만 받던 그녀들이 화면 속에서 화려하게 빛나고 있었다.

아름다운 산타모니카 해변에서 짧은 미니스커트를 입고 즐겁게 춤을 추는 모습이 눈에 확 들어왔다.

귓가에 들려오는 감미로운 음악 소리는 머릿속에 각인될 정도로 환상적이었다.

진한 핫핑크 미니스커트는 사만다 월치의 밝은 금발과 색감이 잘 어울렸다.

30초의 시간은 짧았다.

SF-NO.1 밀크의 광고가 종료됐다.

화려하면서 세련되며 아름다운 영상이 끝나자, 정작 그녀들은 아무런 말도 하지 못했다.

광고가 끝났지만 진한 여운에 빠진 그녀들은 여전히 텔레비전에 시선을 두고 있었다. 그러다가 이내 정신을 차렸다.

"와아! 저기 등장한 게 정말 나야? 내가 봤지만 다른 사람이라고 해도 믿겠다."

"광고가 정말 잘 나왔다. 막내는 여신처럼 아름답게 나왔어."

"이건 막내 말대로 뜰 수밖에 없는 광고야."

"미니스커트를 입어서 불안하기는 한데……."

"닥쳐! 재수 없는 소리 하지 마."

"넵!"

한 명이 불길한 말을 내뱉은 여인의 입을 빵으로 틀어

막았다.

　따르르릉! 따르르릉!

　전화기 소리가 요란하게 울렸다.

　"여보세요. 응! 엄마. 광고 봤다고요? 예. 이번에 정말 제대로 나왔어요. 이제 뜰 일만 남았어요."

　여인이 즐거운 대화를 주고받고 전화기를 내려놓았다.

제2장.
전천후 천재

전천후 천재

따르르릉! 따르르릉!
전화기가 다시금 울렸다.
그동안 알고 지낸 사람들의 전화가 끊이지 않고 걸려 왔다.
"와! 정말 떴나 보다. 이렇게 전화가 많이 올 줄이야."
"내 집 전화기도 지금쯤 전화받으라고 미친 듯이 떠들고 있지 않을까?"
"그렇겠지. 나도 찾고 있는 사람들이 많을 거야."
"네 숙소에는 전화기가 없잖아?"
"그러니까 찾는 사람들이 많다고 한 거지."
여인들이 웃으면서 성공했다는 걸 자축하고 있을 때였다.

"네? 연락이 되지 않아서 저한테 연락했다고요? 드라마 출연 계약을 위해 사만다와 만나고 싶다고요?"

통화를 하고 있던 여인이 눈을 동그랗게 치켜뜨고 사만다 월치를 쳐다봤다.

오디션을 받던 드라마 제작진에서 연락해 온 것이었다.

'통화할래?'

그녀가 입을 벙긋거렸다.

"사만다예요."

사만다 월치가 전화기를 건네받았다.

- 존 하워드 에이전시의 하이드입니다. 이번 광고 정말 잘 봤습니다. 드라마 출연을 부탁드리고 싶어서 연락했습니다.

존 하워드는 거대 에이전시였고, 수많은 유명 배우들을 키운 걸로 유명했다.

할리우드에서 활동하고 있는 많은 배우들이 존 하워드와 함께 일하기를 원했다.

"어떤 배역인가요?"

- 단역이 아닌 조연입니다. 예정된 출연자 한 명이 음주 운전으로 드라마에서 하차하게 돼서 급하게 새로운 사람을 찾고 있습니다. 조연이라 분량이 적지 않으면서 매력적인 배역입니다. 광고를 보자마자 이번 춤추는 댄

서 배역에 사만다 양이 딱 어울릴 거란 생각이 들었습니다. 출연할 생각이 있으신가요?

계약된 배우의 불미스러운 일이 사만다 월치에게 기회로 작용했다.

황금 알을 낳는 거위가 됐음을 직감한 존 하워드 에이전시에서 사만다 월치에게 발 빠르게 접근해 온 것이었다.

"배역을 보고 결정해도 될까요?"

두각을 나타내기 시작했다는 걸 깨달은 그녀는 순순히 배역을 받아들이지 않았다.

광고에서처럼 순수하면서도 야릇한 분위기를 연출할 수 있는 매력적인 대본과 배역을 원했다.

잘 나가는 차준후와 함께 몇 번 어울리다 보니 그녀의 눈높이는 어느새 높아져 있었다.

- 물론이죠. 내일 곧바로 대본을 보내겠습니다.

전화를 끊은 사만다 월치는 자신이 말했지만 이게 꿈인지 현실인지 구분되지 않았다.

얼마 전까지만 해도 단역만 해도 감지덕지했는데…….

광고 한 편으로 이제는 배역을 골라서 출연할 수 있는 위치가 됐다.

전화기는 끊임없이 울렸고, 밤늦게까지 지인들의 연락과 캐스팅 전화는 계속 이어졌다.

"하루아침에 처지가 바뀌었어."

사만다 월치는 성공했다는 걸 실감했다.

발이 부르트도록 돌아다녀도 따내지 못하던 배역이었는데, 이제는 제발 출연해 달라고 부탁해 왔다. 그리고 이건 다른 네 명의 여인들도 마찬가지였다.

* * *

스카이 포레스트의 SF-NO.1 밀크 광고는 대성공이었다.

"밀크를 먹지 말고 피부에 양보하세요."

"우와! 피부에 바르는 주름 개선 화장품. 듣는 순간 구매하러 가고 싶더라."

"용기도 예술적이더라. 집 거실에서 인테리어 소품으로 사용하면 분위기가 살아날 것 같았어."

"크리스마스 이브까지 기다리는 게 고역이야. 난 오늘 당장 얼굴에 발라 보고 싶어."

광고가 나가자마자 SF-NO.1 밀크에 대한 사람들의 관심이 폭발했다.

화장품의 인기와 함께 미니스커트가 더욱 엄청난 주목을 받았다.

배보다 배꼽이 더 큰 경우였다.

SF-NO.1 밀크와 미니스커트로 인해 미국이 시끄러워졌다.

지금껏 광고만으로 미국 전역이 이 정도로 들썩인 전례가 없다는 평가였다.

몸에 찰싹 달라붙은 미니스커트를 입고 허벅지 아래를 훤히 드러낸 채 춤추는 광고는 시청한 모든 사람들에게 엄청난 충격을 선사했다.

좋은 쪽으로든, 나쁜 쪽으로든 말이다.

아직 바이럴 마케팅이라는 단어는 물론, 개념조차 존재하지 않던 시기.

소비자들은 자발적으로 미니스커트를 홍보해 주고 있었다.

광고 다음날 NBC 방송국 아홉시 뉴스 초대석과 CBC 뷰티 월드 초대 인물에 대한 예고편이 방영됐다. 두 방송국의 등장인물은 동일했는데, 바로 차준후였다.

[화제의 인물을 만나다. 독보적인 기술력을 가진 스카이 포레스트 차준후와의 특별 대담 시간을 기대해 주세요.]

[드디어 뷰티 월드의 스튜디오에 화장품을 하이엔드로 끌어올린 천재 개발자를 모실 수 있게 됐습니다. 시청자 여러분의 많은 기대 부탁드립니다.]

예고편이 알려지자마자 방송국들로 엄청난 항의전화가 빗발쳤다.

광고로 시끄러웠는데 스카이 포레스트와 차준후의 등장이라니!

불 난 곳에 기름을 붓는 꼴이었다.

"부도덕한 미니스커트 광고는 방송국에서 내려야만 한다. 보는 내내 불편해서 죽을 것 같았다."

"보기 싫은 동양인이 텔레비전에 나오면 방송국을 폭파시켜 버리겠다."

"치마를 입는 자유는 여인들에게 있어요. 말도 안 되는 소리 하지 마세요. 왜 내가 입는 치마를 당신들 때문에 눈치 봐야 하는데요?"

"계속해서 광고를 내보내면 실력 행사를 하겠다."

"정말 대단한 광고입니다. 이런 광고를 볼 수 있다는 자체만으로도 행복합니다."

"미니스커트는 세상에서 사라져야만 하는 치마다."

"매력적인 각선미를 볼 수 있어서 좋았어요."

"당신 애인이 입어도 괜찮을까요?"

"음, 그건 싫어요. 그렇지만 애인이 아닌 다른 예쁜 여인들이 입으면 눈길이 갈 수밖에 없을 것 같아요."

방송국 앞에 광고를 내리라는 사람들이 모여서 항의 집회를 열었다.

"왜 내가 시청료를 내면서 그런 불결한 광고를 봐야만 하는 거냐?"

"당장 광고를 그만둬라."

다음 날 수백 명의 젊은 여성들이 일제히 미니스커트를 입고서 스카이 포레스트의 광고에 힘을 실어 줬다.

"내 다리에 자유를 주겠다."

"여자들은 미니스커트를 입을 권리가 있다."

광고 하나로 인해 두 쪽으로 갈라져서 격렬하게 부딪치는 사태가 고스란히 뉴스에서 방영됐다.

시간이 지날수록 미니스커트에 대한 찬반 여론이 가열됐다.

전국이 시끄러워지자 관심을 두고 있지 않던 사람들까지 미니스커트에 대해서 이야기를 주고받았다.

사실 미니스커트에 대해서 진지하게 생각하고 있는 미국인들은 많지 않았다.

그런데 아름다운 영상과 환상적인 음악을 동반한 스카이 포레스트 광고에서 등장하자 이야기가 달라졌다.

수많은 여자들이 미니스커트에 대해서 관심을 가지기 시작했고, 입고 다녔다.

길거리에 많아진 미니스커트 여성들을 본 남성들이 반응은 극렬하게 나타냈다.

소위 대박 상품이 탄생했다.

미니스커트를 걸친 여인들이 조금씩 많아지고 있었지만, 사실상 입고 싶어도 주변의 시선 때문에 곤란한 경우가 많았다.
　그런데 스카이 포레스트의 광고로 인해 상황이 완전히 바뀌어 버렸다.
　광고가 나온 이튿날부터 상점으로 달려간 여인들이 미니스커트를 찾기 시작했다.
　"광고에 나온 미니스커트 주세요!"
　"밀크 광고에 나온 미니스커트 있나요?"
　백화점과 의류점 등의 상점을 찾은 여인들이 짧은 치마를 찾았다.
　"저희 상점에서는 미니스커트는 취급하지 않습니다."
　미니스커트는 비주류 상품이었기에 찾는 손님들이 적은 탓에 취급하지 않는 상점들이 많았다.
　"여성 의류만 전문적으로 판매하면서도 여성에 대한 배려가 부족하네. 앞으로는 다른 곳으로 가야겠어."
　"맞아, 그렇지 않아도 평소 거슬린다고 느꼈어."
　여성 의류 전문점에서 미니스커트를 취급하지 않는다는 사실 때문에 비난이 쏟아졌다. 들어왔던 손님들이 인상을 찌푸리면서 나갔다.
　미니스커트 취급점이라는 선명한 문구가 붙어 있는 상점이 여인들의 눈에 들어왔다. 그런데 문구 앞에 〈SF 패션〉이라는 마크가 붙어 있었다.

투명한 유리창 사이로 진열대에 미니스커트를 입고 있는 마네킹들이 보였다. 눈에 확연하게 들어오는 진열대가 손님들을 끌어모았다.

"저 상점에는 미니스커트가 있어. 저 핫핑크 미니스커트가 광고에 나온 거야!

"광고에서 모델이 입은 미니스커트 있나요?"

"SF패션에서 나온 샤인 미니스커트를 말하는 거군요."

여성 점원이 손님들에게 미니스커트의 명칭을 알려 줬다.

"주름진 미니스커트 이름이 샤인인가요?"

"맞습니다. 빛나다는 의미를 담고 있다고 하더군요."

"정말 어울리는 이름이네요. 광고에서 환상적으로 춤추던 여인이 입었던 핫핑크 미니스커트 주세요!"

사만다 윌치가 입었던 진한 핑크 미니스커트가 폭발적으로 팔려 나갔다.

다른 색상의 미니스커트들도 잘 팔렸지만 핫핑크 미니스커트가 독보적인 매출을 기록했다.

미니스커트가 단숨에 다른 치마들을 제치고 매출 1위에 올랐다.

"광고에 나왔던 치마들 종류별로 하나씩 주세요!"

긴 치마만 입던 여인들이 샤인 미니스커트를 쓸어 담았다.

광고에서 보여 준 짧은 치마의 매력이 여인들을 사로잡았다.

기존에 볼 수 없던 매력을 가지고 있는 샤인 미니스커트에 여인들이 빠져들었다.

SF 패션에서 만들어진 샤인 미니스커트는 격렬하다 못해 팔팔 끓는 뜨거운 반응을 얻었다.

"이 회사 치마, 진짜 좋다."

"다른 의류 회사 옷과는 달라."

"앞으로 이 회사 옷만 입어야겠어."

체계적인 생산 기틀을 만들어서 미니스커트를 대량 생산하고 있는 SF 패션은 미니스커트 유행에 맞물려 한순간에 미국인들의 뇌리에 각인됐다.

기존의 유명한 회사들이 차지하고 있던 시장에 지각 변동이 일어났다.

세상에 처음 선보이게 되는 SF패션이 비상했다.

밀크의 광고 덕분에 새로운 사업을 시작하게 되었고, 미국인들에게 SF패션이라는 이름이 각인되었다.

"난 광고가 아니라 드라마를 본 것 같았어."

"드라마로 만들어지면 좋겠다는 생각을 했지. 장편으로 만들어도 재미있을 것 같더라고."

"너도? 나도 그렇게 느꼈는데."

"진짜 드라마로 제작됐으면 좋겠다."

기승전결의 이야기를 담고 있는 드라마는 많은 사람들에게 진한 여운을 안겨 줬다.

짧은 30초 안에서 사랑을 갈구하는 사만다 월치의 매력적인 이야기는 미국인들의 마음속으로 파고들었다.

21세기 감성이 듬뿍 녹아 있는 한류의 미국 진출이기도 했다.

SF 패션의 미니스커트가 있는 매장에는 여성들로 북적였다. 미니스커트, 특히 SF 패션의 미니스커트의 유무에 따라서 매장의 매출이 달라졌다.

있는 상점의 매출이 없는 곳보다 3~4배 이상으로 높았다.

상인들은 샤인 미니스커트를 납품받기 위해 혈안이 될 수밖에 없었고, 대형 마트 유통사들과 의류 매장 바이어들을 비롯한 업계 관계자들이 바쁘게 움직였다.

미국 전역에서 미니스커트를 달라는 전화가 SF 패션에 빗발치듯 이어졌다.

전화 통화만으로 그치지 않고 SF 패션 공장과 스카이포레스트 사무실로 찾아오는 관계자들이 많았다.

미리 생산해서 창고에 쌓아 놓았던 엄청난 양의 샤인 미니스커트가 빠른 속도로 빠져나갔다.

창고가 텅 비어 버리고, 생산하는 족족 판매되기 시작했다.

달라는 곳은 많은데 정작 생산이 따라가지 못했다.

공장 몇 곳을 더 인수하는 동시에 작업자들을 두 배 이상으로 모집했지만, 수요를 충족하기에는 턱없이 부족했다.

* * *

- 미니스커트. 길거리를 휩쓸다!
- 미니스커트. 여성 다리의 자유 시대 선언하다!
- 스카이 포레스트, 밀크 이후에 또 다른 대박!
- 미국 전역이 미니스커트로 인해 시끄럽다!

미니스커트에 대한 기사들이 방송과 신문, 잡지 등에서 마구 쏟아져 나왔다.

- 미국 패션 업계의 쾌거! 미니스커트가 보여 줬다!
- 시대를 앞서 나가는 미국의 세련된 미니스커트!
- 실용적이면서 세련된 미니스커트에서 눈을 뗄 수가 없다!
- 광고를 본 순간 감탄할 수밖에 없었다!

패션 업계에 종사하는 사람들은 SF-NO.1 밀크의 광고에 찬사를 보냈다.

 대단한 일을 해냈다는 관계자들의 평가가 이어졌다.

 일반인들은 크게 관심을 가지고 있지 않았지만 사실 세계 시장의 의류 주도권은 미국보다 유럽에 있었다.

 파리와 런던이 세계 패션 문화를 이끌었다고 해도 과언이 아니다.

 패션쇼도 뉴욕보다 파리와 영국에서 하는 걸 더욱 높이 평가했다.

 패션을 본격적으로 공부하려면 유럽으로 유학을 가야만 하는 시기였다.

 유럽의 영향을 크게 받은 미국 패션 업계는 실용적인 패션을 선호하는 미국인들의 입맛에 맞는 의류만 만들어 왔다.

 그런데 SF 패션은 실용적이면서도 세련된 미니스커트를 창조해 냈다. 유럽의 오래된 전통적 패션 산업이 갖지 못한 유연성을 보여 준 단적인 사례였다.

 전통적인 고리타분한 옷에 질려 버린 사람들에게 미니스커트는 충격 그 자체일 수밖에 없었다.

 광고 한 편이 던진 거대한 충격파는 미국 패션을 발전시키는 발판이 됐다.

 그리고 그 발판을 바로 차준후가 미니스커트로 촉발시켰다.

"언제까지 유럽의 패션을 따라가야만 하는데? 이제는 미국이 패션을 주도할 때가 온 거야. 실용적이면서 세련되게 만들면 통한다는 걸 샤인 미니스커트가 보여 줬잖아."

"난 광고에서 미니스커트를 입은 여성을 본 순간 소름이 돋았어."

"정말 대단한 일이야. 비난받을 걸 각오하고서 작정하고 터트린 거잖아."

"이제 바야흐로 미니스커트의 시대가 온다."

"이 광고를 만든 곳이 화장품 회사라고 했지?"

"스카이 포레스트라고 하더라."

"화장품 회사가 패션 유행을 이끌어 내다니, 참으로 어처구니없는 일이야."

"알아보니까, 그 회사 사장이 대단한 천재라고 하더라. 이번 광고를 제작하기 위해 광고 기획안을 가지고 빅토리 스튜디오를 찾아갔다가 퇴짜를 맞았다는 이야기를 들었어."

"왜?"

"미니스커트 때문에 안 된다는 거였지."

"쯧쯧쯧! 눈이 단춧구멍이었군. 로스앤젤레스 최고의 광고 제작사라는 꼬리표는 떨어져 나가겠어."

"지금은 땅을 치고 후회하고 있다고 하더라고. 수뇌부

가 제작 의뢰를 퇴짜 놨던 감독과 기획자를 해고한다고 했어."

"잘나가던 사람들이 졸지에 직장에서 잘리게 됐구나."

"최고의 기획안을 가지고 제 발로 찾아온 천재를 알아보지 못한 탓이지."

2차 세계 대전 이후 쇠퇴하고 있다고 하지만, 세계 시장의 주목을 받는 디자이너들 가운데에는 미국인보다 유럽인들이 많은 실정이었다.

문화적인 면에서는 유럽이 단연코 강세였다.

이런 사실은 세계의 패권을 움켜쥐며, 강한 자부심을 가지게 된 미국인들에게 큰 콤플렉스를 주고 있었다.

그런데 미니스커트는 의류 시장의 주도권에 있어 미국이 한발 앞서 나간다는 걸 보여 주는 대사건이었다.

눈치 빠른 언론인들과 패션 관계자들은 이런 현상을 발빠르게 알아차렸고, 주변에 알렸다.

스카이 포레스트의 SF-NO.1 밀크 광고는 단순히 그냥 광고로만 머물지 않았다.

차준후의 의도대로 미국 전역을 시끄럽게 하는 동시에 미국 패션 업계를 부흥시키는 밑바탕이 되어 갔다.

엄청나게 많은 비난을 받는 동시에 대단한 업적을 해냈다는 찬사가 끊임없이 이어졌다.

광고 초기에는 비난이 많았지만, 패션 업계 종사자들의

호평을 받으며 시간이 지날수록 새로운 유행을 만들어 냈다는 평이 대세로 떠올랐다.

미니스커트를 두고서 벌어지는 격론 속에서 SF 패션의 매출은 기하급수적으로 증가했다.

"미니스커트 광고는 비난받을 일이 아니다."

"미국 패션업계를 부흥시킬 수 있는 대단한 업적이다."

미국의 자유롭고 열린 사고는 패션을 발전시키는 하나의 커다란 요인이었다.

미니스커트가 여인들 사이에서 유행을 타기 시작하자 언제 그랬냐는 듯이 좋은 쪽으로 의견이 흘러갔다.

패션에 관심을 가지는 사람들이 많아지면서 패션 스쿨을 만들려고 하였고, 유럽으로만 몰리던 젊고 재능이 넘치는 패션 디자이너들이 미국에 관심을 가지게 됐다.

스카이 포레스트의 광고 한 편으로 인해 미국에 커다란 변화가 일어났다.

* * *

CBC 방송국, 뷰티 월드의 기자들은 미용에 관련된 유명한 사람을 발굴하고 찾아가서 질문하고 취재하고 섭외한다.

기자들은 PD와 스태프들과 논의해서 취재 방향을 정하

고는 하는데, 이번 주 스튜디오 초대 인물은 천재 개발자 차준후였다.

미리 찍어 놓은 방영 예정의 방송이 있었지만, 뒤로 미루고 스카이 포레스트 특별편을 편성했다.

화젯거리를 파악하면서 그때그때 상황에 기민하게 대응했다.

예고편 덕분에 뷰티 월드는 방송 전부터 뜨거운 관심을 받고 있었다.

섭외 전쟁에서 승리한 방송 제작진들이 함박웃음을 지을 수밖에 없었다.

수많은 방송국과 프로그램들에서 차준후를 섭외하려고 러브콜을 보냈지만, 출연이 성사된 곳은 단 두 곳뿐이었다.

차준후는 요즘 해야 할 일이 많아서 눈코 뜰 새 없이 바빴다.

켈리 마리아가 스카이 포레스트 사무실까지 직접 찾아가서 섭외에 공을 들인 차준후와 함께 스튜디오에 모습을 드러냈다.

"차준후 씨, 이렇게 스튜디오에서 보게 되니 정말 반갑습니다. 편하게 엘리스라고 불러 주세요."

개편에 맞춰 새롭게 바뀐 젊은 앵커 엘리스가 친근한 말투로 이야기하며 손을 내밀었다.

"환영해 주셔서 감사합니다."

앵커 외에도 PD와 카메라 감독, 그래픽 디자이너, 사운드 엔지니어, 방송작가 등 수많은 스태프들이 차준후에게 시선을 집중하고 있었다.

"저 사람이 이번 광고 기획부터 촬영까지 모두 다 진두지휘했다고?"

"전천후 천재구나. 화장품만 잘 만드는 게 아니야."

"내가 음악방송 제작진하고 친하게 지내고 있잖아. 우리 방송에 나온다고 하니까, 음악방송에도 나올 수 있는지 물어봐 달라고 하더라."

"음악방송에서 천재에게 왜 연락해?"

"소식이 느리네. 광고에 등장한 음악 때문에 음반 제작업체와 가수들이 난리가 났잖아. 그 음악을 만든 사람이 바로 저 천재야."

"정말?"

"자기 영역이 뚜렷한 보통의 천재와 달리 저기 눈앞의 천재는 장르를 가리지 않아."

방송 일을 하는 제작진들이 일반인들에게는 아직 잘 알려져 있지 않은 내용까지 알아냈다.

"드러난 부분보다 드러나지 않은 면이 더욱 많은 천재네. 대단하다는 사람들을 많이 보아 왔는데, 다방면에 재능이 엄청난 천재는 처음 본다."

"응! 아직 보여 주지 않은 천재성이 많아 보여."

매일 발 빠르게 움직여서 사람들의 주목을 받는 내용을 발굴해야만 하는 방송국 사람들의 일상이었다. 그래야만 시청률을 높일 수 있었기 때문이었다.

그런 의미에서 차준후는 시청률의 보증 수표였다.

광고 한 편 때문에 차준후를 찾는 사람들이 엄청나게 늘어났다.

화장품 관계자들부터 시작해서 음반 업체 사람들, 패션 업계 종사자들, 모델 에이전시, 광고에 불만을 품고 있는 사람들, 여성 단체들 등.

상상조차 하지 못한 수많은 곳에서 스카이 포레스트 사무실로 연락이 쏟아지고 있었다.

업무가 마비될 정도로 많은 전화 때문에 미국 사무실에도 전화 상담 부서가 급하게 신설됐다.

수많은 전화들 가운데 거의 대다수가 차준후의 관심을 받지 못했다. 차준후를 만나고 싶어 사무실에 찾아오는 사람들도 밖에서 제지당하거나 직원들만 만나고 돌아갔다.

"오늘 진행할 방송 내용이에요."

켈리 마리아가 차준후 옆에 붙어서 방송 대본을 보여 주며 이야기했다.

뷰티 월드에는 다양한 형식의 개별 코너들이 배치되어

있었는데, 뷰티와 관련된 사실 관계를 검증하는 팩트 체크와 기자들이 발로 뛰면서 현장 이야기를 생생하게 전하는 밀착 카메라, 심도 있게 뷰티 관련 이야기를 파헤치는 뷰티 탐사 등 세 코너의 인기가 높았다.

개성 넘치는 코너들이 뷰티 월드의 내용을 풍성하게 만들어 주고, 시청자들에게 다각도로 재미있게 볼 수 있는 기회를 제공한다.

이들 코너에 차준후와 스카이 포레스트 화장품들이 등장했었다.

"좋네요. 대본이 아주 잘 나왔어요."

방송 대본에는 차준후가 요구한 내용들이 적혀 있었다.

"추가된 질문 내용이 있는데 괜찮으시겠어요? 불편하신 부분이 있으면 제외해도 좋아요."

"제외할 내용은 없습니다. 다만, 몇 가지 추가하고 싶은 내용들은 있습니다."

출연하기 전에 뷰티 월드 제작진과 이미 조율되어 있는 내용들이었다. 제작진의 의견과 함께 차준후의 의향이 듬뿍 녹아 있었다.

제작진 측에서 유명해진 차준후를 최대한 배려해 줬다.

앞으로도 더욱 잘나갈 것 같다는 것도 염두에 둔 배려

였다.

방송계에 차준후에 대한 이름값이 생겨났다.

차준후가 방송 출연을 한 이유는 바로 스카이 포레스트와 화장품들을 알리는 데 있었다.

근래 미니스커트가 몇몇 방송과 언론 매체들의 공격을 받으며 스카이 포레스트와 화장품이 살짝 가려진 면이 있었다.

배꼽이 너무 커져서 배를 잡아먹었다고 할까?

미니스커트 광고를 내보내면 문제가 커질 거라고는 예상했다.

'격렬하게 반응할 거라곤 생각했지만, 내 예상을 뛰어넘었어.'

시대에 맞춰서 미니스커트를 광고에서 선보이기는 했지만 다소 일찍 터트린 측면도 있는 게 사실이었다.

서서히 진행됐어야 할 미니스커트 유행이 한순간에 급격하게 불타올랐다.

'라운 감독이 연출한 아름다운 영상과 탑스타급 신인, 그리고 환상적인 음악과 신선한 광고 기획 등이 어우러진 영향 때문인가?'

차준후는 이번 사태에 대해서 알아봤다.

자신이 직접 촉발시키기는 했지만, 광고를 방영한 뒤부터는 그의 손을 떠난 사태였다.

1960년대 미국의 여러 가지 요인들이 복합적으로 작용해서 미니스커트 신드롬을 불러일으켰다.

미국인들의 시대적 감성을 제대로 저격했다는 소리였다.

"방송에 출연하고 싶다는 연락을 제작진들이 많이 받았다는 사실을 아세요? 지금처럼 엄청난 연락은 처음이라 대응하느라 애를 먹었어요."

"그래요?"

"모두 차준후 씨 때문이에요."

"저요?"

"차준후 씨가 연락을 받지 않으니 한 번만이라도 만날 수 있게 초대해 달라는 청탁이었어요. 대형음반 제작업체인 도레미파를 비롯해서 수많은 음반 회사들이 연락이 왔고, 콧대 높은 유명 가수들도 참석 가능 여부를 물어왔다고요. 패션 업계 관계자와 드라마 제작사 등 너무 많은 곳에서 연락이 와서 제작에 방해를 받았을 정도라니까요."

켈리 마리아가 종달새처럼 조잘거렸다.

지분 투자

 차준후를 찾는 사람들이 늘어났다.
 업계의 사람들을 비롯해서 일반인들까지 차준후의 천재성을 알아버렸다.
 "그렇지 않아도 관련 문의 전화가 많다고 듣기는 했습니다."
 "해 보고 싶지 않으세요?"
 "이번에는 크게 무리한 겁니다. 제가 그 정도 대단한 재능을 가지고 있지도 않고요."
 차준후가 솔직하게 밝혔다.
 미래의 지식과 함께 성공이 예정된 사람들을 운 좋게 만나서 대성공을 이끌어 냈다.
 라운 감독이 영상을 아름답게 연출해 냈고, 사만다 윌

치가 환상적인 매력을 뽐냈다.

확정된 성공에 조미료만 약간 첨가했다고 할까?

물론 조미료가 대단한 역할을 한 건 부정할 수 없는 사실이었다.

박한 평가를 내리는 그와는 달리 다른 사람들은 무명 감독과 무명 모델들을 데리고 성공시킨 차준후를 대단히 높게 평가했다.

화장품에만 머물러 있을 것 같은 천재가 영역을 점점 확장시키고 있었고, 그 사실에 많은 사람들이 열광했다.

미국에서 차준후의 명성과 영향력이 점점 커져 나갔다.

"방송 십 분 전입니다. 준비해 주세요."

제작진 한 명이 목소리를 높였다.

사람들이 한층 분주하게 움직이면서 여유롭던 스튜디오 분위기에 긴박감이 흘렀다.

* * *

사만다 월치를 비롯한 파이브 스타 여인들이 맏언니의 방에 모여서 텔레비전을 바라보았다.

뷰티 월드 방영 시간 전에 광고들이 나오고 있었다.

평소라면 너무나 많은 광고들을 보면서 뭐라고 한마디

정도 했을 여인들인데 이제는 아니었다.

오히려 광고들이 더 나오기를 바랐다.

범람하는 광고들 가운데 드디어 그녀들이 출연한 광고가 나왔다.

[먹지 말고 피부에 양보하세요.]

SF-NO.1 밀크 광고 속에서 그녀들의 모습이 무척 매력적이었다.

후줄근한 운동복 차림으로 소파를 비롯해서 방바닥에 널브러져 있는 지금의 모습과는 천양지차였다.

"볼 때마다 새롭네."

"에이전시부터 해서 여기저기서 자꾸 연락이 와."

"너도? 나도 귀찮게 하는 것들이 많은데."

"우리 엄마도 처음에는 기뻤는데, 요즘은 너무 다른 모습을 보고서 자기 딸이 아니라고 하더라."

"배부른 소리들 하고 있다. 얼마 전까지 그 연락을 간절히 기다리고 있었잖아. 지금 인기가 영원하지 않을 거니까, 괜찮은 배역을 잘 골라서 출연해."

"물론이지. 지금의 기회를 절대 놓치지 않을 거야."

"사만다! 넌 어떻게 하기로 했어?"

가장 많은 연락을 받고 있는 사람이 바로 사만다 월치

였다.

에이전시부터 시작해서 드라마와 영화 제작사, 음반 회사 등 찾는 곳이 많았다.

"라운 감독님이 이번 광고 콘셉트로 드라마나 영화를 제작하고 싶다고 해서 생각 중이에요."

사만다 월치는 라운과 긴밀하게 연락을 주고받고 있었다.

"뭐라고? 그걸 왜 이제야 말하는 거야?"

"우리는 빼놓고 진행해?"

여인들이 서운한 기색을 드러냈다.

사만다 월치가 잘나가는 건 진심으로 축하해 줘야 할 부분이었지만 서운한 것도 사실이었다.

이제는 완전히 다른 세상의 사람이 되어 버린 것만 같아서 쓸쓸했다.

사만다 월치와 여인들 사이에 큰 격차가 벌어지고 있었다.

"오늘 저녁에 처음으로 들은 내용이에요. 언니들에게도 전해 달라고 라운 감독님이 부탁했고요."

사만다 월치가 속사정을 황급히 털어놓았다.

"귀여운 막내에게 서운할 뻔했잖아."

"우리 모두에게 전화해 줬으면 되는데, 라운 감독이 나쁜 거야."

"난 빼 줘. 전화기가 없으니까."

"감독님이 언니들 전부 출연해 줬으면 한다고 했어요. 그런데 아직 제작이 확정되지 않아 조심스러워하시더라고요."

라운은 밀크 광고 기획안을 바탕으로 대본을 만들고 있었다.

기승전결의 30초 광고 분량에 내용을 추가하면서 풍성하면서도 재미있게 집필하는 중이었다.

가칭 샤인이라는 제목의 대본이었다.

광고를 드라마나 영화로 만들어 달라는 요청들도 많았기에 제대로 제작만 한다면 성공 가능성이 높았다.

"넌 어떻게 할 생각인데?"

"감독님께서 차준후 사장님을 만나서 제작 이야기를 나눠 보신다고 하셨어요. 그다음에 결정을 내려야 할 것 같아요."

"출연 생각이 있는 거구나."

"네."

사만다의 마음속에 차준후에 대한 믿음이 엄청났다.

광고 기획안을 바탕으로 드라마나 영화를 제작할 수 있다면 무조건 출연할 생각이었다.

"라운 감독님 작품에 출연할래."

"나도."

파이브 핑거 전원이 출연하고 싶다는 의사를 피력했다.

출연해 달라고 하는 곳들은 많지만, 그 가운데 성공을 보장받을 작품은 없다. 그런데 천재 차준후의 입김이 들어간 라운 감독의 작품이라면 달랐다.

처음에만 반짝이다가 끝나 버린 배우들이 얼마나 많던가!

신인에서 막 벗어난 그녀들에게 처음 출연하는 작품은 무척 중요했다.

그녀들은 천재 차준후의 휘광을 더욱 잔뜩 받고 싶었다.

"언제 제작 예정인데?"

"요즘 접촉하고 있는 방송국이 있다고 하시더라고요. 작품 제작에 오랜 시간이 걸리는 게 보통인데, 방송국이 빠르게 제작하자고 이야기한다고 했어요. 그래서 차준후 사장님과 이야기가 되면 곧바로 제작에 들어간다고 말씀하셨어요."

"와! 정말 빠르게 진행되네."

"방송국도 뜨거운 분위기에 올라타겠다는 소리야."

"어쨌든 우리에게는 좋은 이야기잖아."

방송국에는 드라마 대본들이 넘쳐 난다.

수많은 작가들이 대본을 집필해서 방송국에 보내온다.

많은 대본들 가운에 시청자들의 마음을 사로잡을 수 있

는 좋은 내용을 담고 있는 작품은 많지 않다.

그 대본들 가운데 성공할 수 있는 걸 방송국 사람들이 골라내야 한다.

아무리 전문가들이라고 하더라도 시청자들의 사랑을 받는 작품을 고르긴 쉽지 않았다.

그런데 스카이 포레스트의 밀크 광고는 30초의 짧은 내용만으로도 시청자들의 드라마 제작 요청이 마구 쏟아졌다.

돈이 되는 좋은 내용을 직감한 드라마 제작사와 방송국들이 밀레니엄 스튜디오와 접촉을 하고 있었고, 라운이 발 빠르게 움직였다.

"시작한다. 차준후 사장님이 나온다."

"와아! 정말 오랜만에 보는 느낌이다."

"화면으로 보니까 더 잘생겼어."

브라운관에 여유로우면서 당당한 차준후가 보였다.

"배우라고 해도 믿겠다. 저 여유는 대체 뭐야?"

"카메라 앞에 서면 보통 사람들은 얼어붙는데."

"저 천재가 못한다고 생각해?"

"……잘할 수밖에 없겠다."

방송에서 차준후가 앵커와 기자들과 이번 광고에 대한 이야기를 주고받았다.

[노화는 자연스러운 현상이 아니라 질병입니다. 기능성 화장품인 SF-NO.1 밀크로 꾸준하게 관리하면 좋아질 수 있습니다.]

차준후의 듣기 좋은 목소리가 텔레비전에서 흘러나왔다.

뷰티 월드 방송의 시청률이 최고치로 치솟은 순간이었다. 천재인 차준후가 등장한 방송을 엄청난 수의 미국인들이 시청했다.

스카이 포레스트의 시끄러운 격론에 의사들을 비롯한 의료 업체들까지 참전했다.

미니스커트에 집중적으로 쏠려 있던 관심이 뷰티 월드 방송 이후 화장품으로 일부 돌아왔다.

대한민국에서 온 천재 차준후의 행보를 미국의 수많은 사람들이 주목하게 됐다.

광고가 방영된 지 며칠이 지났지만 사회는 미니스커트로 인해서 여전히 시끄러웠고, 이제는 미니스커트의 이야기들과 함께 스카이 포레스트와 화장품이 거론됐다.

미니스커트만큼은 아니지만 SF-NO.1 밀크도 크게 주목을 받았다.

패션이나 화장품 등에 관심을 가지고 있는 사람들만 알던 스카이 포레스트의 이름이 사람들의 머릿속에 들불처럼 퍼져 나갔다.

만약 화장품에만 집중해서 광고했다면 지금처럼 파급력이 크지는 않았을 것이었다.

차준후가 의도한 노이즈 마케팅과 뷰티 월드 출연 효과가 제대로 적중했다.

"노화가 질병이라고?"

"말도 안 되는 소리지."

"전문의가 질병일 수도 있다고 했어."

"내가 가는 피부과 의사는 헛소리라고 말했어. 그런데 웃기게도 SF-NO.1 밀크는 사서 바르고 있더라."

"SF-NO.1 밀크가 대체 뭐야?"

"이번에 새롭게 나온 주름 개선 기능성 화장품이라고 하더라."

"처음 들어 보는 화장품이네. 정말로 주름 개선 효과가 있을까?"

"알아보니까, 실제로 있다고 하더라고. 밀크를 구하기 위해 저 멀리 아시아까지 갔다 온 여자들까지 있다고 들었어."

"정성이 정말 대단하다. 그만큼 대단하다는 소리겠지."

사실 미국에서 모든 여성들이 화장품을 사용하는 건 아니다.

피부 자체가 건조하여 화장과 잘 맞지 않는 지역에 사

는 여성들이 있었고, 자연스러움을 선호하는 여성들도 많았다.

"한 번 사용해 볼까? 그렇지 않아도 주름이 늘어나서 요즘 스트레스를 받고 있었거든."

"크리스마스 이브에 판매한다고 했으니까, 같이 가자."

"가격이 조금 비싸다고 들었어."

"크리스마스에 나에게 주는 선물이라고 치자고."

화장품을 전혀 사용하지 않던 여인들도 옷을 입고 다녀야만 했다.

그런 여인들에게 미니스커트는 커다란 충격을 안겨 줬다.

평소 화장품을 멀리하고 있던 여인들조차 자연스럽게 스카이 포레스트와 SF-NO.1 밀크 화장품에 대해서 강렬한 호기심을 가졌다.

* * *

"잘 쓰셨네요. 재미있습니다."

차준후가 꼼꼼하게 읽던 대본을 내려놓으면서 말했다.

"다행입니다."

그의 앞에 초조한 표정으로 앉아 있던 라운의 얼굴이 다소나마 풀렸다.

"제가 이 대본을 드라마로 제작해도 되겠습니까?"

대본 집필은 그가 했지만, 원작자가 차준후였기에 허락이 필요했다.

만약 거절을 당한다면?

생각만 해도 끔찍한 일이었다.

차준후는 이번 드라마 제작에 관여할 수 있는 정당한 권한이 있었다.

"허락 전에 몇 가지 물어보고 싶은 이야기들이 있습니다. 캐스팅은 어떻게 하실 생각입니까?"

"우선 광고에 출연했던 파이브 핑거는 모두 출연시키려고 합니다. 주연 여배우로는 사만다 윌치를 생각하고 있고요. 남자 배우를 비롯해서 다른 출연자들은 이제부터 알아보고 모집할 생각입니다."

"제작은 직접 하실 생각이겠지요?"

차준후는 라운의 제작에 대한 열망을 알아봤다.

"물론입니다."

라운은 절대 샤인 작품을 다른 감독에게 맡기고 싶지 않았다.

"제작비는요?"

"방송국에서 제작비를 일부 투자하겠다고 말했습니다."

"풍족합니까?"

지분 투자 〈69〉

"……드라마를 제작하기에는 적당합니다."

"음! 제 기획안을 바탕으로 한 드라마 제작이 적당한 건 용납이 되지 않네요."

이왕에 만드는 드라마를 제대로 제작했으면 하는 바람이 있었다.

돈이 없는 것도 아니고.

제작에 필요한 자금을 충분히 투자할 수 있었다.

"제가 최대한 제작비를 받아 보겠습니다. 드라마에 투자하겠다는 곳들이 많습니다."

라운이 적극적으로 어필했다.

보통 드라마를 제작할 경우 제작사나 방송국의 기획이 들어간 다음에 투자를 끌어오면서 제작이 이뤄지는 구조다.

투자금이 없어서 제작이 엎어지는 경우도 적지 않았다.

화제를 모으고 있는 샤인 드라마에 투자하겠다는 곳이 줄을 서고 있는 상태였고, 톱스타들도 출연료를 따지지 않고 출연하겠다고 전화할 정도였다.

차준후와의 협의가 진행되지 않았기에 라운이 모든 걸 미뤄 뒀을 뿐이었다.

많은 제안 가운데 좋은 조건만 쏙쏙 골라서 투자받는 게 가능했다.

밀레니엄 스튜디오가 빠르게 사세를 확장하려 하고 있었다.

"제가 투자하겠습니다."

차준후가 의사를 밝혔다.

라운 감독이 직접 대본까지 집필한 드라마가 망한다고는 생각되지 않았다.

드라마는 화장품을 드러낼 수 있는 최고의 홍보처이기도 하다.

제작비 투자와 함께 이른바 PPL을 할 생각이었다.

드라마에 자연스럽게 등장하는 화장품들!

스카이 포레스트의 립스틱을 바른 여배우들이 드라마에서 제품을 홍보한다면?

최고의 광고가 되는 셈이다.

"지기, 투자금은 얼마나 생각하십니까?"

라운은 밀레니엠 스튜디오를 키우고 싶었다.

카메라를 비싸면서 좋은 최신형으로 교체하고, 보조 촬영 기사와 조명 기사 등을 고용하고, 보조 작가들도 여럿 필요했다.

"얼마나 필요하십니까?"

"그것이 정확한 건 따져 봐야 합니다."

"필요한 금액이 정해지면 알려 주세요. 드라마와 밀레니엄 스튜디오에 투자하겠습니다."

"지분을 얼마나 드릴까요?"

라운이 지분을 넘기겠다고 이야기했다.

신생 기업이나 다름없는 밀레니엄 스튜디오는 투자금을 받는 대가로 드라마에 대한 수익이나 지분을 넘겨야만 했다.

지분만 거론한 건 차준후와의 관계를 지금보다 밀접하게 만들기 위함이었다.

"변호사를 불러서 이야기하면 될 부분이네요. 현재가 아닌 성장한 밀레니엄 스튜디오의 미래 가치로 평가하라고 말해 두겠습니다."

라운의 속내가 뻔히 보였지만 차준후는 밀레니엄 스튜디오의 지분을 가질 수 있다는 사실이 무척 만족스러웠다.

가치를 높게 책정한다고 해서 손해는 아니다.

미국 영화계에 큰 발자취를 남기는 밀레니엄 스튜디오는 황금 알을 낳는 거위가 될 테니까.

물론 차준후의 개입으로 인해 변화가 발생하였지만 성공 가능성이 높은 게 사실이었다. 그리고 실패할 것 같으면 그때 적절하게 개입하면 그만이었다.

"좋게 봐 주셔서 감사합니다."

시원스러우면서 통 큰 투자가에게 라운이 고개를 숙였다.

"감독님을 믿기에 투자하는 겁니다. 좋은 드라마를 만들어 주세요."

"물론입니다. 그런 의미에서 드라마 촬영에 도움을 주시는 건 어떻습니까?"

"제가요?"

"OST! 광고에 사용한 음악의 오리지널 사운드트랙 완성본을 주세요."

라운은 아직 〈사랑하는 그대와 함께〉 음악에 대해서 포기하지 않았다.

드라마를 사람들에게 알릴 수 있는 오리지널 사운드트랙이 필요했다.

듣자마자 드라마를 떠올리게 만드는 음악 OST는 드라마 성공의 필수요건 가운데 하나이다.

라운은 샤인 드라마에서 가장 먼저 내 보일 OST에 다른 노래는 고려하지 않았다.

"음! 생각해 보겠습니다."

차준후는 〈사랑하는 그대와 함께〉를 완전히 드러내는 부분에 대해 고민했다.

드라마와 밀레니엄 스튜디오 투자를 하면서 〈사랑하는 그대와 함께〉를 세상에 내보여도 괜찮겠다고 여겼다.

"역시, 노래를 완성시켜 놓았었군요. 대표님은 아무리 봐도 우리 업계 쪽에 어울리는 인재입니다."

라운은 자신의 짐작이 맞았다고 생각했다.

스토리를 만들어가는 능력과 음악에 대한 천부적인 재능까지 갖춘 차준후에 대한 영입을 포기하지 않고 있었다.

"지분을 가지고 있으면 동업자이네요. 앞으로 많은 지도 편달 부탁합니다."

투자금을 받는 대가로 은근슬쩍 밀레니엄 스튜디오의 지분을 넘기는 데에는 그의 음흉한 속내가 숨어 있었다.

"무슨 지도 편달입니까? 감독님은 재능이 있으니, 알아서 잘하실 겁니다."

음악을 창작하는 건 차준후에게는 말 그대로 무리였다.

그저 기억하고 있는 좋은 음악들을 꺼내 놓았을 뿐이다.

"지금처럼 도움을 부탁드립니다. 대표님의 한마디가 제작에 커다란 도움이 됩니다."

라운은 차준후의 말을 일절 믿지 않았다.

그의 눈에 비친 차준후는 대단한 능력을 갖추고 있는 전천후 천재였다.

"탑스타급 재능을 가진 배우들을 알아보신다고 하셨죠?"

"……그럴 수도 있다는 이야기였지요. 저라고 해서 매번 성공할 수는 없습니다."

"이번 드라마에 뽑으려고 하는 배우들을 살펴봐 주실

수 있으실까요?"

라운은 샤인 드라마를 크게 성공시키려고 했다.

드라마의 성공에는 대본이 중요했지만 배우들의 연기력도 결코 떨어지지 않았다.

배우들에 대한 차준후의 의견을 듣고 싶었다.

"제가 살펴보기는 하겠지만, 결정권은 감독님께서 가지고 계신 겁니다."

차준후가 이 시대에 잘나가는 배우들을 모두 기억하고 있지 못했다.

모르는 배우들에 대해서는 라운 감독의 감을 믿어야만 한다는 소리였다.

"고맙습니다."

라운은 자신에게 힘을 실어 준다는 의미로 받아들였다.

투자했다고 콧대를 세우는 사람들과 달리 제작자를 끔찍할 정도로 챙겨 주는 착한 투자가였다.

눈에 한 번 콩깍지가 쓰이게 되니 차준후의 모든 게 좋게 보였다.

* * *

차준후가 출연했던 CBC 뷰티 월드가 주한미군방송인

AFKN을 통해 한국에 방송됐다. 텔레비전을 통해 많은 한국인들이 그 방송을 시청했다.

"이야! 미국에 가서도 잘나가고 있구나."

"천재는 어디에 있던 빛난다."

"미국인들에게도 인기가 많구나."

"저런 남사스러운 치마를 홍보하고 다닌다니, 사내로서 부끄럽지도 않은가!"

"미국은 저런 치마를 입고 다녀도 괜찮은 거냐?"

대체적으로 차준후에 대한 호평이 이어지는 가운데 미니스커트에 대한 불편한 이야기들이 흘러나왔다.

그렇지만 대양 건너 미국의 사정이었기에 큰 문제로 번지지는 않는 분위기였다.

"한국보다 미국에서 사업을 크게 하고 있네."

"이러다가 미국에 정착하는 거 아닌지 모르겠다."

"저런 천재를 외국으로 내보낸 정부가 잘못한 거야. 애당초 천재를 미국에 보냈으면 안 됐어."

"당연히 돌아오겠지."

"얼씨구? 살기 좋은 미국을 놔두고 가난한 한국으로 온다고? 나 같으면 미국에서 눌러 살겠다."

"천재 사장인 차준후를 네 눈높이로 바라보면 되겠냐?"

사람들은 미국 방송을 보면서 확신했다.

국내에서 잘나가던 차준후가 미국에서도 훨훨 날고 있는 모습에 질시하고 시기하는 사람들까지 모두 천재라고 인정했다.

어느 누가 미국을 요란법석 들썩거리게 만들 수 있을까.

천재인 차준후가 아니면 불가능한 일이었다.

미국에서 사업을 키워나가고 있는데 대한민국에서 차준후의 영향력이 더욱 커졌다.

미국의 입김이 강하게 부는 대한민국인 탓도 있었지만 그만큼 한국인들의 마음에 차준후의 놀라운 행보가 깊게 각인됐다.

"차준후의 미국에서의 행보가 결국 대한민국에 도움이 될 거야."

"당연하지."

"미국에서 고생하는 이유가 있는 거지. 알아보니까 스카이 포레스트의 직원들과 협력 업체 사람들이 미국으로 건너갔다고 하더라."

"왜?"

"선진 기술을 배우러 갔다고 들었어."

"고국 발전의 큰 그림을 그리고 있는 거다."

신문과 잡지에서 계속 차준후에 대한 좋은 취지의 기사가 올라왔고, 스카이 포레스트와 차준후에 대한 화제로 대한민국도 들썩거렸다.

* * *

[SF 패션 설립]
[미니스커트 대유행 조짐]
[스카이 포레스트 미국 공장 운영]
[다방면에서 천재적 재능]

 차준후가 미국에 와서 벌인 행적들이 서류에 상세하게 기록되어 있었다.
 "미국에 온 지 한 달도 되지 않았는데, 놀랍군."
 서류를 살펴보고 있는 사내 다비드 존스의 모자에는 별이 붙어 있었다.
 모처에서 보고를 받고 있는 군 장성이었다.
 "대단한 재능을 가지고 있는 사내입니다."
 "한국에서 올라온 보고가 정확했어. 처음에는 부풀린 보고서라고 생각했는데, 지금 보니까 오히려 축소된 느낌이야. 따라다니면서 살펴보니 어떻던가?"
 그는 화학적으로 뛰어난 재능을 가졌다고 판단되기에 미국으로 영입해야 한다는 보고서를 처음 접했을 때 시큰둥했다.

최빈국 대한민국에서 잘나간다고 해도 얼마나 잘났을까 하는 마음이었다.

정보를 다루는 장성으로서 선입견을 가지면 안 됐지만 솔직히 대한민국 출신의 화학자라면 무시해도 괜찮다고 여겨졌다.

엄청난 편견이었다.

천재는 어디에 있든지 두각을 드러낸다는 걸 차준후를 보면서 절실하게 깨달았다.

"제가 돈이 있으면 스카이 포레스트에 투자하고 싶다는 생각이 들었습니다."

"투자를 받던가?"

"아닙니다. 외부의 투자금은 일체 받지 않고 있습니다."

"아쉬운 일이군."

스카이 포레스트에 투자를 원하는 기업과 투자가들이 잔뜩 대기하고 있었지만, 차준후로서는 지분을 쪼개가면서 회사 자본금을 늘릴 이유가 없었다.

SF 패션의 미니스커트 대성공으로 인해 많은 수익이 쌓여 나갔다.

"수익금들을 고국으로 가져가지 않고 다시금 공장에 투자하고 있다고?"

"공장을 확장하면서 첨단 시설들을 구입하는 데 막대

한 돈을 사용하고 있습니다. 근로자들을 대거 고용하고 있기도 합니다."

"미국에서 벌어들인 수익을 한국으로 송금하지 않는다니 반가운 소리야. 사업을 하는 데 불편함이 없도록 세심하게 신경 써 줘."

취업비자가 빨리 발급될 수 있도록 힘을 썼다.

노동청에서 반발을 하기도 했지만 밀어붙였다.

차준후와 같은 천재의 존재는 미국을 부강하게 만들어 줄 바탕이 되니까.

"알겠습니다."

"세금은 어떻게 하고 있나?"

다비드 존스는 차준후의 약점이 될 수 있는 부분을 찾아 놓을 생각이었다.

차후에 약점을 활용해서 차준후를 옭아맬 수 있었기에.

정보 장성으로서 당연히 해야 하는 일이었다.

"정해진 세율에 따라 모든 세금을 납부하고 있습니다."

"모든 세금?"

"세무사들과 변호사들이 세금에 대한 부분을 처리하고 있는데, 애매하다 싶으면 세금을 정확하게 납부합니다. 스카이 포레스트처럼 깨끗하고 투명한 기업은 없습니다."

"국세청에서 상장을 줘야 하는 기업이네."
다비드 존스가 휘파람을 불었다.
들으면 들을수록 대단한 인재라는 확신이 들었다.
"여자를 접근시키는 건 어떤가?"
고전적인 미인계를 떠올린 다비드 존스였다.
미인계에서 활약할 수 있는 아름다운 미녀 정보원들이 부대에 소속되어 있었다.
그들의 조작에 당해서 정보원 출신 부인과 사랑에 빠져 알콩달콩 살아가는 인재들도 있었다.
"딱히 여자에 대한 관심을 가지고 있지 않습니다."
"젊은 사내가 여자에 관심이 없어? 아직까지 제대로 된 연인을 만나지 못한 것 아닌가?"
"미니스커트 광고에 등장한 사만다 윌치가 관심을 가지고 있습니다만 대상자는 아무런 반응을 보이지 않고 있습니다."
광고에서 매력을 마구 발산하고 있는 사만다 윌치가 남성들의 관심을 한 몸에 받고 있었다.
하루아침에 톱스타의 반열에 올라섰다.
미녀 정보원들이라고 해도 사만다 윌치의 미모를 따라가지는 못했다.
외모가 전부는 아니었지만, 사만다 윌치를 돌처럼 바라보는 차준후가 미녀 정보원과 사랑에 빠진다고 보기는 어려웠다.

"별난 녀석이네. 이 녀석은 판단하기가 정말 애매해."

다비드 존스는 차준후를 이해하기가 어려웠다.

사업적으로 크게 성공해 놓고도 별다른 유흥을 하고 있지 않았다. 보통 대성공을 거두면 주체할 수 없는 돈을 마구 사용하기 마련이었다.

젊은 사내가 보여 주는 특성들이 없었다.

"특이사항으로는 식도락 취미가 있습니다. 먹는 걸 아주 좋아합니다. 매일 유명한 음식점들을 찾아서 돌아다닙니다."

덕분에 차준후를 따라다니면서 잘 먹고 다니는 정보원 하비 베니스였다.

제4장.

특급인재

특급인재

"어쩌면 한국에서 보내온 보고서에 기록된 것처럼 우리 미국에 엄청난 도움이 될지도 모를 것 같아. 위에다 보고해야 할 것 같군."

"위라면? 설마?"

위를 떠올린 하비 베니스가 놀란 표정을 지었다.

"맞네. 백악관이야."

군 정보기관에서는 차준후가 미국에 도착했을 때부터 예의 주시하고 있었다.

주한미군들을 열광하게 만든 차준후의 행보와 미국에 온 이후 스카이 포레스트의 행보.

그리고 관련된 업계의 동향 등을 정보 분석 부서에서 샅샅이 파헤쳤다.

많은 천재들을 경험하고 분석했던 그들이었지만 차준후처럼 단시간에 성과를 보여 준 천재는 겪어 보지 못했다.

"그러면 바로 장관님께 보고하시는 겁니까?"

"그래. 한 달도 되지 않은 짧은 시간에 이런 성과를 냈다는 사실이 도무지 믿어지지 않아. 국무장관님께 직접 보고하고도 남는 사안이지."

보통은 보고 체계를 지켜서 올라가지만, 이번에는 국무부 장관에게 다이렉트로 보고할 생각이었다.

고분자 석유 화학물 세이지 회사를 인수한 차준후가 화학적인 분야에서 특출 난 면을 드러낼 거라 예상했다.

그런데 엉뚱하게 패션 쪽에서 지각변동을 일으켰다.

양파 같다고 할까?

알았다고 생각하면 계속 새로운 면모를 드러냈다.

"곧바로 보고해도 충분한 사안입니다."

"천재가 바라보는 세상은 우리들이 보는 것과 다른 건지도 모르겠어."

천재는 시대를 따라가지 않고 아예 유행을 창조해 버렸다.

SF 패션이 창고에 쌓인 미니스커트를 팔아치우고 있을 때, 다른 의류업체들은 부랴부랴 유행에 합류했지만, 상대적으로 재미를 크게 보지는 못하는 실정이었다.

원조라고 할 수 있는 SF 패션이 특허까지 낸 미니스커트를 대량으로 시장에 풀어 버리면서 다른 의류업체들의 미니스커트가 묻혀 버렸다.

보통 자신이 개발하고 남 좋은 일을 만드는 경우가 적잖은데, 차준후는 이득을 챙기는 데 있어서까지 남달랐다.

"단 한 명의 천재로 인해 지금 미국 경제가 얼마나 활성화되었는지 아나?"

"모르겠습니다."

"경제학자들의 분석에 따르면 미니스커트로 인해 올해에만 0.4%의 경제적 이득을 볼 거라고 하더군."

미니스커트의 영향력을 받는 모든 분야를 망라해서 내린 분석이었다.

이 가운데 가장 큰 점수를 받은 것은 여성들의 사회적 자유와 일자리 참여였다.

이차 세계 대전 이후로 일자리를 찾는 여성들이 늘어나고 있었지만, 아직까지 사회적인 위치는 낮았고, 보수 역시 열악했다.

넓은 의미로 볼 때, 여성들의 사회적 인식의 변화를 미니스커트가 촉발시켰다.

"그게 대단한 겁니까?"

하비 베니스가 고개를 갸웃거렸다.

1%에도 못 미치는 미미한 숫자에 불과해 보였다.
"미국의 천문학적인 경제 규모를 생각해 보게나."
"아!"
"0.01도 무시할 수 없는 숫자이지. 그런데 천재는 0.4라는 성장을 한 달도 되지 않아서 만들어 낸 거야. 더 경악할 부분은 이것이 여기에서 그치지 않고 계속 늘어날 것이라는 점이지."

스카이 포레스트 미국 공장과 SF 패션이 미국에서 사업을 시작하면서 미국 경제에 큰 도움을 주었다는 게 경제전문가들의 평가였다.

3년 내로 경제 성장률을 1.7% 이상 더 끌어올릴 수 있다고 주장하는 전문가도 있었다.

천문학적인 자산을 다루고 있는 미국 경제에서 1.7%는 결코 적은 숫자가 아니다.

차준후와 스카이 포레스트의 존재만으로 미국 경제가 훨씬 성장할 수 있다는 이야기였다.

그런데 전천후 천재 차준후는 아직까지 보여 주지 않은 면이 더욱 많았다.

SF 패션을 만든 것도 미니스커트와 같은 의류를 판매하기 위해서가 아니라 혁신적인 화장품 때문이란 소문이 돌고 있었다.

주력 업종으로 삼고 있는 화장품에서 다시 한번 세상을

경악하게 만들 가능성이 높았다.

"놀랍군요."

하비 베니스는 차준후를 따라다니면서 대단하다고 생각을 하고 있었지만, 이 정도로 엄청날 줄은 미처 몰랐다.

뛰어나다, 잘나간다고만 이해했다.

미국에 끼치는 영향을 알게 되자 차준후가 새삼 다르게 느껴졌다.

"우리 미국에 꼭 필요한 특급인재네. 각별히 신경을 쓰면서 주변에 머무르도록 하게."

"알겠습니다."

"나가 보게."

"충성!"

하비 베니스가 경례를 절도있게 한 뒤 밖으로 나갔다.

"미국으로 귀화시킬 수 있으면 최고겠는데……."

홀로 남은 다비드 존스가 중얼거렸다.

영역을 넓혀 나가는 천재가 움직일 때마다 미국이 들썩거렸고, 이것은 미국 경제에 호재로 작용하고 있었다.

[비밀 정보당국 발행 보고서]

만년필을 꺼내든 그가 보고서를 작성하기 시작했다.

비밀 보고서를 열람할 수 있는 사람은 장관과 대통령 등을 비롯해서 극히 소수였다.

만년필이 종이 위에 사각사각 소리를 내면서 움직였다.

새하얀 종이 위에 차준후에 대한 이야기들이 빼곡하게 담겨 나갔다.

* * *

자신의 일을 대신할 사람들을 구했지만, 스카이 포레스트 미국 지사가 계속해서 확장하면서 차준후가 처리해야 할 일은 끝없이 늘어났다.

업무가 부쩍 많아졌음을 절감하면서 차준후가 결재 서류에 만년필로 사인을 했다. 책상 한쪽에 서류철들이 잔뜩 쌓여 있었다.

토니 크로스가 중간에서 업무들을 처리해 줬지만, 최종 결정권자인 차준후가 살펴보고 결정해 줘야 하는 내용들이 많았다.

굵직굵직한 업무들을 처리하는 걸로도 업무시간이 부족했기에 차준후는 비서를 고용하기로 마음먹었다.

비서 채용 공고를 내자, 많은 지원 서류들이 쏟아져 들어왔고, 그 가운데 일차적으로 합격자를 가린 뒤에 최종적으로 두 명을 합격시켰다.

한 명은 사장실에 배속시켰고, 다른 한 명은 토니 크로스의 업무를 돕게 배치했다.

"안녕하세요. 오늘부터 대표님을 모시게 된 비서 실비아 디온이에요."

서양인 특유의 몸매에 푸른 눈동자가 인상적인 실비아 디온은 웃는 모습이 매력적이었다.

"여기 사장님이 즐겨 드시는 아이스 아메리카노예요."

미모로 비서를 뽑았다고 생각될 정도로 눈길이 절로 가는 금발 미녀였다.

명문대학교를 졸업하고 미국 무역대표부에서 일한 전력을 가지고 있는 특별한 인재이기도 했다.

지원한 비서들 가운데 가장 높은 점수를 받았고, 사장실 비서로 채택됐다.

"차준후입니다. 앞으로 잘 부탁합니다."

커피를 받아 든 차준후가 비서를 반겼다.

아름다운 미녀이기는 했지만, 사적인 감정을 불러일으킬 정도는 아니었다.

직장에서는 사무적으로!

비서에게 필요한 건 미모보다 업무 보조 능력이었다.

"다음부터는 커피를 준비하시는 이런 일을 하지 않으셔도 됩니다."

"아니에요. 저도 커피를 좋아하는데, 출근하면서 아이스커피를 주문할 때 한 잔 더 추가하는 거라 괜찮아요."

실비아 디온이 웃으며 말할 때 보조개가 피어났다.

성격이 좋아 보이는 모습이었다.

'서양인들은 이런 잔심부름을 싫어하는데? 사근사근한 성격의 비서네.'

차준후는 알아서 챙겨 주는 비서가 싫지 않았다.

"자! 이게 오늘 해 주셔야 할 업무들입니다."

차준후가 시간을 잡아먹는 일거리를 실비아 디온에게 잔뜩 떠넘겼다.

"네."

실비아 디온의 일 처리 솜씨는 훌륭했다.

무역대표부에서 일했던 경험으로 인해 계약서와 서류 작성 등에 탁월한 재능을 가지고 있었고, 비서로서 차준후의 업무가 원활해질 수 있도록 섬세하게 도우면서 자신의 능력을 입증했다.

성실하게 일하는 그녀 덕분에 차준후의 업무 처리가 훨씬 수월해졌다.

"대표님, 건의하고 싶은 의견이 있어요."

"말해 보세요."

"살펴보니 수출입 물건을 보낼 때 일본 상선을 주로 이용하고 있더라고요."

미국에서 대표적으로 원재료와 시설 장비들을 비롯한 물품들을 한국으로 보내고 있었고, 한국 용산 공장에서 생산된 화장품 등을 미국에서 받고 있었는데 홍콩 선박들도 있었지만 대부분 일본 선박들이었다.

"맞습니다."

"수출에서 운송비가 차지하는 비중이 작지 않잖아요."

"크게 부담이 되는 금액은 아니지만 적다고 말할 수는 없겠죠."

"미국 상선을 이용하면 운송비를 절약할 수 있을 겁니다."

"한국에서는 미국 상선을 이용하기 힘듭니다. 게다가 물품을 선적하기 위해 알아본 운임이 지금 이용하는 상선보다 비쌉니다."

"해상 운송 업체를 통해 상선을 직접 빌리려고 하면 그렇겠죠. 하지만 미국 무역대표부에서 빌린 상선을 임차하는 방식을 이용하면 달라질 수 있어요."

"임차라면?"

"무역대표부에서는 정기적으로 한국에 무상원조를 위한 상선을 띄우고 있어요. 갈 때는 배에 식량 등을 비롯한 원조 물품을 실어서 가지만 돌아올 때는 텅텅 빈 채로 돌아오죠."

무역대표부에서는 상선에 왕복 운임을 지불하고 있었다. 일단 미국 무역대표부에서 빌렸기에 미국과 관련된 물품만 싣고 다녀야만 했다. 다른 물품을 실었다가는 문제가 발생할 여지가 있었다.

이런 게 가능하다고?

차준후는 미국 무역대표부와 수출입 업무를 연계할 생각을 미처 하지 못했다.

인터넷과 스마트폰이 있었던 시대에서 살다가 1960년대로 오게 되니, 정보를 접하는 일에 있어서 애를 먹었다.

인터넷만 있었다면 무역대표부의 임대 상선을 이용하는 게 가능하다는 걸 검색해서 알 수 있었을지도 몰랐다.

정보의 홍수 속에 살다가 온 차준후는 필요한 게 어디에 위치했는지 알아내기 위해서는 스스로 많은 노력을 기울이거나 주변 사람들의 도움 등을 받아야만 했다.

"음! 무역대표부에 이야기해 볼 수 있는 내용이겠군요."

"제가 아는 분이 있는데, 무역대표부에 연락을 해 보는 게 어떨까요? 무역대표부를 거치게 되면 수출입 업무에 대한 도움을 받을 수 있어요."

업무 보조 비서로 뽑은 실비아 디온은 커리어 우먼다운 모습을 보여 주었다.

"수출입에 관련된 실무적인 문제는 어떻게 해야 하나요?"

필수적으로 확인해야 하는 과정들이 많다 보니 수출입

업무 관련 서류와 업무량이 적지 않았다.

해외무역부 직원들과 차준후도 수출입 업무에 상당한 시간을 소모했다.

"실무적인 문제에 있어서 무역대표부 기업지원 정책의 도움을 받을 수 있어요. 전문적으로 수출입 업무를 돕는 게 무역대표부의 존재 이유이죠."

무역대표부는 기업에 대한 협조에 있어서 실질적인 도움을 줬다.

무역대표부 정책의 혜택을 받는 기업들이 많았다.

환상적이었다.

지금껏 이런 좋은 정책을 알지 못하고 고생했다는 사실이 안타까운 차준후였다.

"아주 좋습니다. 직접 처리해 보세요. 운송비를 절감할 수 있으면 그에 맞는 성과금을 드리겠습니다."

업무가 줄어들었다는 사실에 크게 만족한 차준후가 적지 않은 성과금을 약속했다.

비서로 뽑았는데 누구도 떠올리지 못한 신선한 아이디어를 내놓았다.

아니, 무역대표부에서 일했기에 내놓을 수 있는 의견일지도 몰랐다.

그렇다고 해도 대단히 뛰어난 의견인 건 틀림이 없었다.

미래 지식을 알고 있다고 해서 모든 문제가 해결되지는 않았다.

1960년대에 맞춰서 활용하기 위해서는 이질적으로 발생하는 오류에 대해서 맞춤 대응을 해야만 했고, 결과적으로 차준후가 바쁘게 움직여야 한다는 소리였다.

"네."

실비아 디온이 즉시 전화기를 들고서 무역대표부에 연락을 취했다.

스카이 포레스트에서 자신의 입지를 확고하게 다지는 동시에 차준후의 주목을 받았다.

새로운 도약의 발판을 마련한 셈이었다.

"대표님, 상선 임대 처리했어요. 그리고 수출입 업무와 관련된 사항은 무역대표부와 관세청 직원들이 직접 방문해서 수출입 안전 관리 우수업체로 선정할 수 있는지 살펴봐 준다고 하네요."

"우수 업체로 선정되면 무슨 혜택이 있나요?"

"우수 업체들에 대해서 검사 및 절차 간소화, 자금 부담 완화, 각종 편의 제공 등 다양한 혜택을 부여하고 있어요. 미국과 협정을 맺고 있는 대한민국에서도 수출입 업무를 할 때 검사 비율 축소 등과 같은 신속 통관 편의를 받는 게 가능해요."

와우!

뛰어난 비서를 뽑았다고 하더니!

정말 감탄이 절로 나오는 대단한 비서가 들어왔다.

업무를 맡기며 해 보라고 떠밀자. 단번에 미국 수출입 정책의 좋은 혜택들을 받을 수 있게 조치했다.

"대단하네요. 어떻게 이런 걸 다 아시는 겁니까?"

수많은 정책들 가운데 혜택을 받는다는 건 생각처럼 쉽지 않았다.

"제 꿈이 종합상사 창업이에요. 앞으로 세계는 지금보다 많은 무역 거래를 할 거라는 생각에 관심을 가지고 공부하고 있어요."

"비서로 지원한 이유가?"

"스카이 포레스트 사무실이 종합상사 일을 하고 있어서요. 사장님을 비롯한 임원급 비서면 종합상사에 관련된 업무를 제대로 배울 수 있다고 생각했어요."

"종합상사에 취직하지 않고 왜 우리 회사에 온 겁니까?"

"스카이 포레스트의 눈부신 성장이 인상적이었고, 무엇보다 천재인 대표님을 옆에서 지켜보고 싶은 마음도 컸어요."

차준후를 바라보는 그녀의 눈빛이 초롱초롱했다.

"비서가 아니라 해외무역부에서 일하는 건 어떻겠습니까?"

"싫어요."

"종합상사 창업을 하려면 해외무역부가 더 좋지 않습니까?"

"무역에 관련된 일은 제가 노력해서 배울 수 있어요. 하지만 천재인 대표님에게서의 배움은 노력한다고 얻을 수 있는 게 아니에요."

"……음, 배운 게 있습니까?"

"네."

"무언지 물어봐도 될까요?"

"천재는 우수한 인재를 알아보고 역량에 맞는 일을 적극적으로 맡긴다!"

차준후처럼 신규 직원에게 일의 전권을 맡기는 대표는 찾아보기 힘들다.

실패할 가능성이 높았기에.

그런데도 차준후는 일말의 거리낌 없이 일을 맡겼다.

"귀중하면서 실감 나는 교훈이었어요."

그녀가 오늘 배운 교훈을 마음속에 잘 정리했다.

최고경영자가 보여 준 믿음은 긴 여운을 남기고 있었다.

믿어준 차준후를 위해 더욱 열심히 일하고 싶다는 마음이 생겼다.

'많은 업무가 귀찮아서 맡겼을 뿐인데…….'

차준후가 멋쩍은 표정을 지었다.

미국에서도 그의 언행을 보고서 오해하는 사람이 늘어나고 있었다.

일단 유명해지고 볼 일이었다.

천재로 인정받고 있으니 별거 아닌 일도 비서가 알아서 의미를 부여했다.

"대표님은 제가 보고 배울 수 있는 최고의 경영서입니다."

"많이 배우세요."

능력이 좋아서 오해해 가며 알아서 배워간다면야.

막을 수 있는 일도 아니었고.

종합상사 창업을 꿈꾸는 대단한 능력으로 도와준다면야 차준후에게 나쁠 게 없다.

편하면서 여유롭게 일하고 싶은 차준후다.

"가르침을 주셔서 감사합니다."

대단한 능력을 가진 비서이지만 어딘가 맹한 구석이 있어 보였다.

뭘 가르치는지 정작 당사자인 차준후는 몰랐다.

"창업할 회사의 이름은 정했습니까?"

"정해놓은 이름이 있어요. 뽀삐! 어릴 적 키웠던 강아지 이름인데, 괜찮죠?"

"⋯⋯좋네요. 성공할 이름이라고 느껴집니다."

"역시 사장님은 감각이 좋아요."

실비아 디온이 배시시 웃었다.

'뽀삐 종합상사!'

차준후가 눈앞의 비서를 보면서 크게 놀랐다.

작은 규모의 무역상사인 뽀삐 실업을 창업하여 종합상사로 키워낸 입지 전적의 여성 사업가가 있었다.

사업적인 관심이 없었기에 여성 사업가 이름을 몰랐지만, 세계적인 뽀삐 종합상사의 이름은 차준후도 들어 봤다.

워낙 특이한 이름이기에 한 번 들으면 잊을 수가 없기도 했고.

실비아 디온의 재능이 출중하다고 생각했는데, 그것도 과소평가한 것이었다.

"회사에 있는 동안 잘 부탁합니다."

진짜 재능을 갖춘 특급인재가 회사로 알아서 굴러들어 왔다.

"대표님께 제가 잘 부탁드려야죠. 귀찮다고 자르시면 안 돼요."

"그럴 일은 없을 겁니다."

나간다고 해도 붙잡아야 할 판이었다.

몰려드는 인재들이 스카이 포레스트와 차준후 주변에 울타리를 치려 하고 있었다.

이제는 인재들로 인해 망하려고 해도 힘든 구조가 되어 버렸다.

* * *

스카이 포레스트에 취직이 되면서 안강모의 집안에 훈풍이 불었다.
"여기가 우리 집이야?"
여동생의 얼굴이 환했다.
슬럼가 뒷골목에서 빠져나와, 허름하지만 로스앤젤레스 변두리 언덕의 앞마당이 있는 번듯한 벽돌집을 구해서 들어갔다.
"정말 장하다. 네가 집안을 일으켜 세우는구나."
"취직시켜 준 차준후 사장님께 보답해야 한다."
부모님이 아들인 안강모를 자랑스러워하는 동시에 은인이나 다름없는 차준후에게 잘하라고 당부했다.
"열심히 일해서 사장님과 회사에 도움이 되는 일꾼이 될게요."
안강모가 각오를 다졌다.
로스앤젤레스에서 스카이 포레스트 공장에 채용된 한인교포들이 백 명이 넘었다.
천 명을 약간 넘는 근로자들을 신규 채용하였는데,

10% 정도 비율의 한인교포를 고용한 것이었다.

차준후는 한인교포들에게 월급과 복지 등 다방면에서 최고의 직장을 선사했다.

"부모님도 이번에 SF 패션 근로자 채용에 지원해 보세요."

SF 패션은 공격적으로 사세를 확장하고 있었고, 옷을 만들 수 있는 기술자들과 근로자들 신규 채용 공고를 냈다.

동종업계 최고의 혜택을 보장하는 공고 내용으로 로스앤젤레스를 다시 한 번 떠들썩하게 만들었다.

특히 한인교민 사이에서는 교포들에 대한 일정 비율의 취직 자리를 스카이 포레스트에서 보장해 준다는 소문이 떠돌았다.

공식적으로 확인되지 않은 소문이었지만…….

소문 자체만으로도 한인 교민들은 크게 만족스러워하고 있었다.

"관심을 가지고 있는 사람들이 많은데, 채용이 될까?"

"지원해 보세요. 저도 스카이 포레스트 직원이 될 거라곤 생각도 못 했어요. 일정 비율 한인교포를 뽑아 줄 수도 있으니까요."

"알았다. 밑져야 본전이니까. 지원해 보마."

미국 어디를 살펴봐도 한인교포들에게 스카이 포레스트보다 좋은 직장은 없었다.

이건 미국인들에게도 마찬가지였다.
"엄마! 이걸로 당분간 버텨 보세요."
안강모가 수백 달러의 돈을 엄마에게 건넸다.
동생 학비와 주변에 빌렸던 돈, 상점 외상값 등 돈 들어갈 데가 한두 곳이 아니었다.
"무슨 돈이냐?"
그녀가 선뜻 돈을 받지 못했다.
"회사에서 가불을 해 주더라고요."
"고맙다. 부모를 잘못 만나서 네가 고생이 많구나. 염치 불고하고 받으마."
돈을 받으면서 엄마가 눈물을 쏟아 냈다.
명석한 아들에게 변변찮은 공부 하나 지원해 주지 못하고, 고생만 시켰던 걸 생각하고 있자니 마음이 아리고 아팠다.
하늘을 바라보고 있는 아버지의 두 눈에는 시뻘건 핏발이 서 있었다.
"조금만 참아 주세요. 제가 죽을 각오로 일해서 집안을 일으켜 세울게요."
안강모는 성공하겠다고 마음을 다졌다.
지금은 비록 월세로 집을 구했지만 성공해서 해변이 내려다보이는 로스앤젤레스 부촌의 저택을 구매하고 싶었다.

그의 성공 롤모델은 바로 차준후였다.

막연하고 암울하게만 보이던 미래가 차준후를 알게 되면서 장밋빛 희망으로 물들었다.

꿈을 향해 나아가는 안강모에게 있어 차준후는 목표를 구체화시켜 주는 이정표인 셈이었다.

로스앤젤레스 뒷골목에서 갱단의 일원이 되었다가 총을 맞고 사망했을 안강모의 인생이 완전히 뒤바뀌어 버렸다.

잘나가고 있는 차준후가 미국에서도 사람들에게 새로운 길을 열어 주고 있었다.

* * *

차준후가 호텔 서비스를 통해 받은 아침 식사를 맛있게 먹고서 1층으로 내려갔다.

"좋은 아침입니다."

"불편하신 점은 없으셨지요? 필요한 것이 있으면 언제라도 연락을 주십시오."

로비를 지나쳐서 걸어가는 동안 지배인을 비롯한 직원들이 아는 체를 하면서 고개를 숙여 왔다.

최고급 로열 스위트룸을 장기간 숙박하고 있는 차준후는 호텔 VIP였다.

거액의 숙박료뿐만 아니라 1층에 들어서는 스카이 포레스트 입점으로 인해 호텔의 오너를 비롯해서 직원들 모두 차준후의 편의를 최대한 봐주고 있었다.

광고가 방송된 이후 차준후의 입지는 더욱 높아졌다.

VIP가 VVIP가 됐다고 할까?

스카이 포레스트를 찾는 사람들이 증가하면서 호텔을 방문하는 고객들이 늘어났다.

아직 직영점이 오픈되지도 않았는데, 벌써부터 흥행할 조짐을 보여 주는 사례였다.

"안녕하십니까. 요 며칠 사이에 대표님을 찾는 전화가 많이 오고 있습니다."

호텔 총지배인이 웃으면서 말을 걸어왔다.

"번거롭게 해 드려 죄송합니다."

"별말씀을 다하십니다. 오히려 대표님 덕분에 호텔 프리미엄 객실이 모두 매진되었습니다."

크리스마스 시즌에는 호텔 방 구하기가 원래 어렵지만 그건 일반적인 방을 이야기하는 것이고, 프리미엄급인 스위트룸 이상은 살인적인 가격 때문에 찾는 사람들이 많지 않았다.

"그것이 저 때문이라고요?"

"엄청난 전화와 편지, 초대장들을 받고 계시지만 연락하시는 곳은 한 곳도 없으시죠. 몸이 닳은 배우와 가수들이 직접 호텔로 오고 있는 겁니다."

총지배인이 이름만 들어도 알 만한 유명한 스타들이 적극적으로 움직인다는 걸 알려 줬다.

프런트에 쌓인 초대장과 편지들은 차준후에게 전해지지 않고 그대로 휴지통으로 직행했다.

그 많은 편지를 일일이 읽을 시간이 없었다.

사방에서 쏟아지고 있는 편지를 하나하나 읽었다가는 일 년 내내 숙소에서 벗어나지 못할 수도 있었다.

연락을 받지 못하자, 할리우드에서 잘 나가는 유명배우들이 차준후를 직접 찾아 나섰고 가수들도 음악을 받기 위해 발길을 움직였다.

"……그렇군요."

"직접 대면해서 청탁을 하겠다는 겁니다. 조만간 대표님을 귀찮게 하는 방문객들이 많아질 겁니다. 저희들이 최대한 막겠지만 귀찮아지실 수도 있습니다."

"준비를 해 둬야겠군요. 알려 주셔서 감사합니다."

경치 좋은 호텔에서 일류 요리사의 요리를 먹으며 편안하게 보냈는데 아무래도 개인 숙소를 구해야 할 것만 같았다.

차준후가 총지배인과 헤어지고 직영점으로 향했다.

직영점이 들어서기로 한 넓은 매장은 사람들로 어수선한 가운데 북적거렸다.

"거기 진열장 여기로 옮겨!"
"화장품 깨지지 않도록 조심해요."
"바닥에 묻은 얼룩 지워야 합니다."
"천장 구석의 조명이 꺼져 있잖아요! 새 걸로 교체하세요."

두꺼운 천막으로 가려 놓은 내부에서는 막바지 마무리 작업이 한창이었다.

직영점 입구는 아치형으로 새롭게 꾸며졌는데, 그곳에는 섬세하게 스카이 포레스트라는 문구와 함께 회사 마크가 새겨져 있었다.

섬세하고 고급스러운 느낌을 안겨 주는 입구였다.

호텔 직영점 사진을 전해 받은 전영식이 입구에서부터 시작해서 매장 분위기 전체를 설계했다.

날이 갈수록 일취월장히는 실력을 여실히게 보어 주는 디자인 설계였다.

호텔 직영점의 전체적인 콘셉트는 꽃나무였다.

차준후가 직영점 안으로 들어서면서 섬세한 꽃 나뭇가지들이 선사하는 기분 좋은 광경을 만끽했다.

개업 당일에는 방문하는 고객들에게 꽃가지를 선물할 예정이었다.

매장은 꽃나무들로 둘러싸인 정원인 셈이었다.

황금 알

 실제로 매장 한가운데에는 끝이 천장까지 닿은 지름이 1미터가 넘는 아름드리 매화나무가 위치해서 분위기를 멋지고 개성적으로 연출해 냈다.
 원래 원형의 기둥이 위치하고 있는 장소에 진짜 나무의 기둥과 가지를 사용해서 기둥을 감싸고, 그 기둥으로 인공적인 매화나무를 제작해 낸 것이었다.
 가지를 따라 쭉 뻗은 푸른 잎사귀들 사이로 연분홍빛 매화 꽃잎들이 밝은 조명 아래 푸르고 청량한 느낌을 안겨 줬다.
 인조 나무 인테리어는 차준후가 전영식에게 주문해서 만들어진 것이었다.
 비싼 돈을 들여 가면서 공을 들인 탓에 자연스러움과

완성도가 남달랐다.

 코앞으로 다가온 오픈 날에 맞춰 고급스러우면서 세련된 매장에 스카이 포레스트에서 생산된 모든 화장품들이 진열되고 있었다.

 스카이 포레스트의 제품 라인업이 미국 직영점에 진열되어 있는 모습은 장관이었다.

 화려한 조명 아래 SF-NO.1 밀크, 쿠션, 골든 이글, 립스틱 등 화장품들이 반짝거렸다.

 미국인들의 피부와 특성, 선호도 등에 따라 맞춤 제작된 수출용 제품들이었다.

 차준후가 자신의 손길 아래 탄생한 화장품들을 보면서 직영점 내부를 둘러보고 있을 때였다.

 "대표님! 매장에서 파티를 열고 싶을 정도로 아름답게 꾸며졌네요. 이처럼 환상적으로 매장을 설계한 사람이 누구인가요? 다음에 저도 도움을 받고 싶어요."

 바쁘게 움직이느라 인테리어가 끝난 직영점을 처음 방문한 티에리 캄벨이 차준후를 발견하고 다가와서 이야기했다.

 뉴욕에서의 일을 끝내자마자 곧바로 달려왔다.

 직영점 인테리어를 보자마자 사랑에 빠져들었다.

 "우리 회사의 수석 디자이너 전영식입니다. 다음에 소개시켜 드리겠습니다."

"사람의 눈을 사로잡는 디자이너는 미국에서도 찾아보기 힘들어요. 어떻게 함께하신 건가요?"

"극장에서 일하던 사람을 영입해 왔습니다."

"인재를 알아보는 대표님의 눈은 정말 날카롭네요."

티에리가 혀를 내두르며 감탄했다.

무명 감독과 무명 배우를 발굴한 차준후의 예리한 눈썰미에 대한 소문이 암암리에 퍼져 나가고 있었다.

"만나 보니 우리 회사에 반드시 필요한 인재인 것을 한눈에 알아보겠더라고요."

미래에서 보고 왔다고 말할 수는 없기에 차준후가 대충 둘러댔다.

"역시. 천재는 다르네요."

티에리가 고개를 끄덕이며 탄성을 내뱉었다.

"뉴욕에서 고생 많이 하셨다면서요?"

차준후가 대화 주제를 돌렸다.

어제까지만 해도 미국 최고의 경제 도시인 뉴욕에 머무르면서 일하던 티에리 캄벨이었다.

"누구 덕분에 저희와 거래를 하고 싶다는 곳이 계속 늘어나서 예정했던 일정보다 이틀을 더 머물러야 했어요. 아주 즐거운 시간이었죠."

티에리 캄벨이 차준후를 바라보며 웃었다.

미니스커트 광고로 인해 뉴욕은 미국에서 가장 크게 몸

살을 앓았고, 그것은 현재진행형으로 이어지고 있었다.

패션에 관심이 젊은 여성들을 필두로 많은 여자들이 미니스커트를 입기 시작했고, 자연스럽게 스카이 포레스트에 대한 관심이 폭발적으로 늘어났다.

대형 유통 업체를 비롯해서 백화점 등 곳곳에서 화장품을 구매하고 싶다는 연락이 캄벨 무역회사로 빗발쳤고, 전화기는 불이 날 정도였다.

"덕분에 수입한 화장품을 모두 팔았어요."

준비한 카탈로그와 가격표 등을 가지고 거래처들을 만났고, 유리한 조건으로 계약을 마칠 수 있었다.

"화장품 판매가 모두 끝났다고요?"

"지금도 화장품을 달라고 하는 곳이 많아요. 없다고 하니까, 예약이라도 걸어 두겠다고 난리예요."

티에리가 고충을 털어놓았다.

미국에서 스카이 포레스트의 명성이 올라가면서 유통 업체와 도매 바이어, 상점 등에서 물건을 달라는 곳이 엄청났다.

200만 달러의 화장품 물량은 결코 적지 않은 양이었다.

그러나 미국 전역에서 화장품들을 찾기 시작하자, 상대적으로 소량으로 전락해서 순식간에 사라져 버렸다.

추가 화장품들을 두고서 서로 차지하기 위한 쟁탈전이

치열하게 벌어졌다.

신규 채용한 작업자들에 대한 교육과 함께 첨단 시설을 새롭게 설치하고 있는 LA 공장은 아직 제대로 운영이 되지 않았다.

조만간 본격적으로 화장품들을 쏟아 낼 예정이었지만 지금 당장은 더 유통시킬 물량이 없었다.

"그 느낌, 뭔지 잘 압니다."

차준후는 몇 번이나 경험했던 내용이었다.

공장까지 찾아와서 난리를 쳤던 상인들이 떠올랐다.

돈 되는 화장품을 차지하기 위한 다툼은 국경을 떠나서 비슷했다.

"은행에서 연락이 왔어요. 뜨거운 반응을 알아차린 거죠. 스카이 포레스트에서 화장품을 납품받는 조건으로 무려 천만 달러가 넘는 금액을 신용으로 대출해 줄 수 있다고 하더군요."

"이번에는 은행에서 대출 한도를 대폭 늘려 줬군요."

"SF-NO.1 밀크를 비롯한 화장품들의 인기가 높아졌으니까요. 인기가 은행의 대출 한도를 확장시켜 준 거죠."

기준과 내부 규칙을 철저하게 따지는 보수적인 은행이지만 때로는 적극적으로 영업을 뛴다.

캄벨 무역회사와 거래하고 있는 주거래은행에서 진한

돈 냄새를 맡았고, 결단을 내린 것이었다.

"저희도 대출해 주겠다는 은행의 연락을 많이 받고 있습니다."

차준후가 웃음을 지었다.

미니스커트 대유행을 이끌어 낸 덕분에 엄청난 돈을 벌어들이고 있는 SF 패션을 자회사로 둔 스카이 포레스트 미국 법인의 주거래은행이 되기 위한 은행들의 다툼이 치열하게 벌어지고 있었다.

스카이 포레스트의 천 명이 넘어가는 직원들까지 고객으로 받아들일 수 있었으니, 은행들이 눈에 불을 켤 수밖에.

스카이 포레스트의 주거래은행으로 올라서게 되면 로스앤젤레스에서 은행 서열이 뒤바뀌는 것도 가능했다.

폭발적으로 성장하고 있는 스카이 포레스트는 현재보다 미래 가치가 더욱 높았다.

"어떻게 하시려고요?"

"많은 대출을 해 주는 은행과 거래하려고 합니다."

"그동안 많은 돈을 벌지 않았나요?"

"새로운 차원의 기술 확보를 위해 자금이 많이 필요합니다. 그리고 돈은 많으면 많을수록 좋잖아요."

경제 호황기인 미국에서 은행 대출은 많이 받을수록 좋았고, 자산을 불릴 수 있는 좋은 기회였다.

외부자금을 이용하다가 실수하면 회사가 도산할 수도 있었지만 미래를 잘 아는 차준후에게는 적용되지 않았다.

돈 복사! 돈으로 돈을 벌 수 있었다!

"대체 어떤 기술을 원하시는 건가요?"

"화장품 업계의 싸움을 완전히 끝장낼 정도라고 하면 되겠네요."

차준후가 바라는 기술력은 하이엔드급이었다.

이 시대에 아직 존재하지 않는 기술들이 태반이었고, 그 기술을 개발시키기 위해서는 돈을 쏟아부어야만 했다.

"네?"

티에리 캄벨의 눈이 커졌다.

"그 누구도 생각지 못한 혁신적인 화장품을 개발할 생각입니다."

전생에서는 끝내 마무리하지 못했던 화장품 연구!

부작용이 나타났던 줄기세포 화장품을 완성하고 싶었다.

회귀하기 전에 연구하던 줄기세포 화장품을 만들기 위해서는 생명공학과 유전공학 등 다방면에서 뒷받침되어야만 가능하다.

일례로 1980년대 후반 생물의 유전자의 비밀을 밝히기 위한 게놈 프로젝트를 수행하면서 천문학적인 비용이 소모됐다.

줄기세포 화장품 제작에는 신비에 쌓인 인간의 생명 현상을 원초적으로 규명할 수 있는 유전자 지도가 필요했다.

유전자 지도를 만들기 위해서는 여러 전문 분야가 발전되어야만 하고, 심도 있는 연구와 개발 등에 있어서 현시대 사람들이 해내야만 하는 일이었다.

알고 있는 지식으로 갔던 길을 답습하는 것이 아니라 인류가 개척하지 못한 영역을 연구자로서 경험하고 싶었다.

가야 할 길이 아주 멀었다.

그 길은 돈으로 떡칠해야만 걸음을 뗄 수 있는 아주 비싼 길이었다.

'이 남자, 대체 어디까지 바라보고 있는 거야?'

그녀는 천재가 바라보고 있는 영역을 감히 짐작하지도 못했다.

이 시대에서 차준후의 연구 방향을 이해하고 있는 사람은 없다고 해도 과언이 아니다.

21세기에도 인류는 줄기세포를 마음대로 조작할 수 있는 기술이 없었고, 줄기세포를 이용한 치료법도 연구 단계일 뿐 실용화되지는 못했다.

"아직까지는 그저 생각만 하고 있는 단계일 뿐입니다."

속내를 꺼냈지만 차준후가 단순하다고 포장했다.

"대표님께서는 진짜 해내실 수 있을 거라 믿어요."

그녀는 천재의 생각을 이해하지는 못했지만 무조건 신뢰했다.

지금껏 세계를 오가면서 수많은 사람을 봐 왔지만 차준후보다 뛰어난 사람은 보지 못했다.

"그랬으면 좋겠네요."

차준후가 피식 웃었다.

"제가 화장품을 많이 팔아서 대표님을 도와드릴게요. 저번보다 많은 이천만 달러에 달하는 화장품을 구매하겠어요."

캄벨 무역사의 구매 물량이 열 배로 늘어났다.

이 정도 물량을 처리하기 위해서는 용산 공장에서도 시간이 걸린다.

"순차적으로 처리해야 할 정도로 많은 양이네요."

"우선 선적할 수 있는 물량들만이라도 먼저 보내 주셨으면 해요."

폭발적인 관심을 받고 있었기에 현지 공장이 가동된다고 해도 미국 내 물량을 모두 감당하기에는 무리였다.

캄벨 무역회사는 일찌감치 화장품을 대량으로 확보하려 하고 있었다.

황금 알 〈119〉

물량 확보가 곧 수익으로 이어진다.

"스카이 포레스트가 거래처를 다각화한다는 걸 알고 계십니까?"

"알고 있어요."

티에리 캄벨이 가장 우려하고 있는 정책이었다.

캄벨 무역회사의 성장은 스카이 포레스트와 함께하고 있기 때문에 가능했다. 만약 여기서 거래가 끊어진다면 은행의 신용 대출 천만 달러도 사라지게 된다.

"화장품을 수입하고 싶다는 주문과 제안이 많은 기업들로부터 들어오고 있습니다."

캄벨 무역회사보다 좋은 조건들이 대부분이었다.

이름만 들어도 아는 대기업과 대형 유통사들은 스카이 포레스트에 상당히 유리한 조건을 제시했다.

받아들이기만 하면 캄벨 무역회사와의 거래보다 많은 이득을 챙길 수도 있었다.

"……."

그녀도 알고 있는 내용이었다.

외면하고 싶었던 이야기에 순간적으로 머릿속이 새하얗게 변해 버려 말도 못 했다.

그저 초조한 표정으로 차준후의 입만 바라보았다.

"아무래도 저희 입장에서는 한 곳보다 여러 업체와 계약하는 편이 유리합니다."

한 곳과 집중된 계약은 위험 요소가 많았다.

여러 업체와 계약을 맺어 두면 한 곳에서 문제가 발생하게 되더라도 대처가 쉬웠다.

"저희 회사가 다른 업체들보다 무조건 좋다고는 말할 수는 없어요. 하지만 훌륭한 파트너가 될 수 있다는 사실을 증명했다고 봐요. 지금까지 스카이 포레스트의 현지화 과정에 최선을 다하기도 했고요."

정신을 차린 티에리 캄벨이 열변을 토해 냈다.

할 말이 많았지만 짧고 굵게 마무리했다.

여기서 강하게 말했다가는 오히려 역효과가 날 가능성이 높았으니까.

그녀도 까칠한 차준후의 성격을 알고 있었다.

"잘 알고 있습니다. 감사하다는 말씀과 함께 다각화하는 서래처 가운데 한 곳을 캄벨 무역회사로 두기로 내부 회의를 통해서 결정을 마친 상태입니다. 앞으로도 잘 부탁드립니다."

차준후가 담담한 어조로 인연을 이어 가겠다고 말했다.

딱딱하게 긴장하고 있던 티에리 캄벨의 표정이 풀렸다.

다행스럽게도 일이 잘 풀렸다.

여기에서 스카이 포레스트와 헤어지게 된다면 그야말로 황금 알을 낳는 거위를 놓쳐 버리는 셈이었다.

"저야말로 잘 부탁드려요."

그녀는 더 열심히 노력해야겠다고 속으로 다짐했다.

스카이 포레스트의 거래처에서 탈락하게 된다면?

생각만 해도 끔찍했다.

'단순히 높은 성과를 낸다고 해서 되는 문제가 아니야. 다른 경쟁 회사들보다 좋은 성과를 만들어 내야만 해.'

그녀가 생존 경쟁이 닥쳐 왔다는 현실을 깨달았다.

거래처 간의 피 튀기는 무한경쟁!

압도적일 정도로 막강한 힘을 가진 제조업체 스카이 포레스트가 유통업체 거래처들을 경쟁시키는 것이었다.

자본주의 사회인 미국에서 스카이 포레스트의 정책은 지극히 합리적이면서 옳았다.

퇴출될 수도 있다는 압박과 충격으로 티에리 캄벨이 쉽게 정신을 집중하지 못했다.

'기회를 줬으니 성과로 보여 주세요.'

차준후는 무척이나 평안한 표정이었다.

스카이 포레스트와 함께하려면 자격을 증명해야만 했다.

* * *

징글벨. 징글벨!

메리 크리스마스! 메리 크리스마스!

크리스마스 시즌이 되자, 곳곳에서 캐럴이 울려 퍼졌다.

볼거리와 먹거리, 쇼핑거리가 잔뜩 늘어났다.

크리스마스가 코앞으로 다가오면서 조명으로 반짝거리는 가로수와 건물 등이 화려하게 바뀌어 있었다.

"로안 글로리 호텔에 대형 트리가 세워졌다고 하더라."

"벌써 구경하고 왔지. 거기에서 사진 한 장 찍으면 인생 사진이 나온다고."

"그러면 스카이 포레스트 직영점도 봤어?"

"천막으로 가려져 있어서 내부를 보지는 못했어. 그런데 호텔 외벽에 사만다 윌치의 거대 포스터가 붙어 있더라."

"크리스마스이브에 스카이 포레스트 직영점에서 가장 먼저 화장품을 발매한다고 들었어. 한정품도 직영점에서만 별도로 판매한다고 하더라."

"정말? 그러면 일찌감치 가서 줄을 서야 할 것 같은데……."

"나는 오늘부터 가서 텐트 치고 기다리려고 해. 같이 갈래?"

"좋아."

스카이 포레스트의 적극적인 마케팅 정책 아래 직영점의 한정판에 대한 소식이 돌았다.

안개처럼 퍼지던 소문은 이내 들불처럼 퍼져 나갔다.

한정판!

특별히 공을 들였다는 한정판을 구매하려는 여인들의 쟁탈전이 시작됐다.

로안 글로리 호텔.

호텔 앞 정문에는 높이 12m 규모의 대형 트리를 설치하고 눈사람을 비롯한 다양한 장식을 활용해 눈 내리는 모습을 낭만적으로 연출했다.

외벽과 나무 등 호텔 곳곳에 다양한 장식과 조명을 설치해 크리스마스 분위기를 한껏 느낄 수 있다.

이번 크리스마스 연출을 비롯해서 로안 글로리 호텔은 12월만 되면 다양한 연말연시 특별 프로그램을 운영하며 겨울철 나들이 명소로 주목받아 왔다.

그런데 올해에는 호텔의 크리스마스 시즌 구역보다 더욱 인기를 끌고 있는 장소가 있었다.

호텔 외벽에 거대한 사만다 월치의 대형 포스터가 붙었다.

미니스커트를 입은 그녀가 SF-NO. 1 밀크를 들고서 환하게 웃고 있었다.

[먹지 말고 피부에 양보하세요.]

사람들의 눈에 확 띄는 대형 포스터에는 광고 문구도 적혀 있었다.

사람들이 호텔의 입구에서부터 줄을 지어서 진을 치기 시작했다.

"한정품 구하러 오셨나요?"

"애인에게 선물하려고요. 한정품을 꼭 가지고 싶다고 노래를 부르더라고요."

"저도요. 사흘 동안 함께하겠네요. 잘 부탁합니다."

"최고의 크리스마스 선물을 구해 보자고요."

줄의 가장 앞에 위치한 젊은 남자 두 명이 서로의 처지를 위로했다.

한정품을 확보하려는 움직임으로 인해 로안 글로리 호텔 입구에서부터 시작된 줄이 꼬리에 꼬리를 물고 이어졌다.

"형씨도 화장품을 사러 왔으면 가장 뒤쪽에 줄을 서. 괜히 앞에까지 확인하러 갔다가 돌아오면 줄이 더 늘어나니까, 한정품을 사지 못할 수도 있어."

여유롭게 산타모니카 해변을 돌아다닌 뒤 호텔로 걸어오던 차준후에게 한 중년 남성이 말을 걸어왔다.

대부분 여성들이었는데 줄의 군데군데 남자들이 섞여 있었다.

묘한 동질감을 느끼고 있는 남자들은 서로를 배려해 주고 있었고, 차준후에게도 조언을 건넨 것이다.

"전 호텔에 숙박하고 있습니다."

"와우! 좋은 곳에 머물고 있다니, 부럽네. 호텔에 머물면 기다리지 않아도 SF 직영점에 가장 먼저 들어갈 수 있다며?"

"헛소문입니다. 그런 사실 없습니다."

"정말? 내가 들었던 소문과는 다르네."

"제 말이 맞습니다."

헛소문을 일축한 차준후가 천천히 걸어가면서 길게 이어진 줄에 혀를 내둘렀다.

직영점 오픈 삼 일 전인데, 인도를 따라 길게 늘어선 사람들의 수가 족히 삼백 명을 넘었고, 계속해서 늘어났다.

크리스마스이브가 되면 이 줄이 어디까지 늘어날지 상상이 되지 않았다.

"미국이라 그런지 스케일도 엄청나구나."

한국에서의 오픈런은 진짜 오픈런이 아니었다.

오픈런의 본고장은 누가 뭐라고 해도 미국이다.

인구가 많고 구매력이 풍부한 미국인들이 바야흐로 제대로 된 오픈런을 보여 주려 하고 있었다.

스카이 포레스트의 화장품에 대한 사람들의 관심이 뜨거웠다.

"호텔에 머물면 스카이 포레스트 직영점에 가장 먼저 들어갈 수 있는 것 아니었나요? 제가 비싼 숙박비를 낸 이유는 한정판을 구매하기 위해서였어요."

"손님께서 스위트룸에 머물고 계시지만, 직영점 입장에 우선권이 있는 것은 아닙니다. 그럴 수 있다고 안내해 드린 적도 없고요."

"잠시만요. 그럼 한정판과 호텔 숙박은 관계가 없다는 건가요?"

"그렇습니다. 예약하시기 전에 관련된 항목을 이미 모든 고객님들께 안내해 드렸습니다."

"호텔에 있는 직영점이잖아요? 호텔에서 영향력을 행사할 수 있지 않나요?"

"손님에게 객실을 대여한 것처럼 호텔은 스카이 포레스트에 매장을 일정 기간 빌려준 겁니다."

"한정판을 구매하려면요? 밖에 사람들처럼 줄을 서야만 하나요?"

화려한 꽃무늬 원피스를 걸친 중년 여성이 혼란스러워하며 물었다.

"대기하셔야 한다고밖에 말씀드릴 수 없어서 죄송합니다, 손님."

"백화점에서 살 수 있었지만 한정판을 구매하기 위해 뉴욕에서 이곳까지 매우 먼 거리를 날아왔다고요. VIP를 대우하지 않는 정책은 말도 안 돼요. 누가 이런 어리석은 정책을 만든 건가요?"

여인이 앙칼진 음성을 토해 냈다.

프런트 데스크 직원들이 스위트룸의 고객을 상대하느라 애를 먹고 있었다.

오늘만 해도 벌써 이 문제로 인해 여러 번 고객들에게 설명을 해야만 했다.

다른 손님들은 헛소문에 당했다며 납득하고 넘어갔는데, 눈앞의 여인은 계속 따지고 들어서 무척 곤혹스러웠다.

호텔이 서비스 업종이다 보니 직원들은 고객들에게 함부로 대할 수가 없었다.

프런트 데스크 주변에는 스카이 포레스트 직영점 문제에 대해 관심을 가지고 있는 사람들이 모여 있었다.

그들은 직접 나서지는 않았지만 조용히 대화를 엿듣고 있었다.

때마침 차준후가 호텔 로비로 들어서자, 프런트 데스크에 있던 직원들이 시선이 일제히 쏠렸다.

훤칠한 키에 고가의 의류로 몸을 감싼 검은 머리 차준후의 존재는 단연 두드러졌다.

방송과 신문 등의 언론매체를 통해 얼굴을 알린 나름 유명인이었다.

직원들의 이상 행동에 고개를 돌린 중년 여성의 시야에 차준후가 들어왔다.

"차준후 대표님이시죠? 반가워요."

여인이 하이힐을 또각또각 울리며 로비를 성큼성큼 가로질러 다가와 도발적으로 말을 걸었다.

그녀 역시 차준후에 대한 정보를 알고 있었기에 호텔 직원들에게 말할 게 아니라 당사자와 직접 소통하기로 마음먹었다.

"손님, 여기서 이러시면 곤란합니다."

프런트 직원이 황급히 다가와 중년 여인을 만류했다.

호텔 경영진이 각별히 신경 쓰고 있는 차준후를 곤란하게 만들면 문제가 커진다.

"괜찮습니다. 대화를 나눠 보죠. 무슨 일이십니까?"

차준후는 호텔 직원들보다 자신이 나서는 편이 효율적이라고 판단했다.

"전 한정판 화장품을 구매하기 위해, 뉴욕에서 날아와서 이 호텔 스위트룸에 묵고 있어요."

"그러시군요. 그렇지 않아도 지금 밖에서 적지 않은 사람들이 기다리고 있습니다."

"왜 예약을 받지 않는 거죠?"

"잘못 알고 계시는군요. 예약은 존재합니다."

"어떻게 받으면 되나요?"

"줄을 서신 분들을 대상으로 직영점 오픈하는 시간에 대기 예약을 받고 있습니다."

직영점에서 사람들을 구분하는 특별 대우는 없었다.

차준후가 스카이 포레스트의 정책을 모르는 예비 고객에게 친절하게 설명해 줬다.

실망감을 주는 대답에 중년 여인의 속눈썹이 파르르 흔들렸다.

"한정판 화장품을 대량으로 구매하고 싶어요."

"1인당 구매 수량을 제한하고 있습니다. 1인당 한정판은 한 점씩만 구매가 가능합니다. 많은 분들이 구매할 수 있도록 양해 부탁드립니다."

"그런 말도 안 되는 일을 전 인정할 수 없어요. 이런 식의 영업 방침은 회사에 도움이 되지 않아요. VIP들을 우대하는 정책을 펼쳐야 매출을 많이 일으킬 수 있어요."

중년 여인이 꾹꾹 눌러 담았던 분노를 표출하면서 이야기했다.

명품을 판매하고 있는 업종들의 매출은 VIP들에 의해 좌지우지되고 있는 실정이었다.

고가의 명품을 판매하고 있는 기업들에서는 모두 부유하면서 신분 높은 사람들을 대상으로 VIP 정책을 펴고 있었다.

우선 입장과 우선 예약, 점포 마감 후 쾌적한 환경에서의 쇼핑 등 친절한 서비스로 VIP들을 우대했다.

그리고 신분이 높은 사람들에게 인정을 받아야만 명품

으로 인정받는다는 사회적 분위기도 있었기에 기업들에서는 VIP들을 특별하게 챙길 수밖에 없었다.

"스카이 포레스트에서는 아직까지 VIP 우대 정책이 존재하지 않습니다. VIP 우대 정책은 차후에 기회가 닿으면 생각해 보겠습니다."

차준후가 담담한 어투로 이야기했다.

사실 VIP 우대정책에 대해 생각해 본 적이 있었다.

그러나 결국 특정한 소수의 사람들에 대한 혜택이 아니라 모든 사람들에게 공평하면서 동등한 기회를 제공하기로 결정했다.

매출?

어차피 없어서 못 파는 물건이었다.

VIP 우대 정책이 없어도 충분히 시장에서 통한다는 자신감이 차준후에게는 있었나.

"그런 식으로 하면 매출에 도움이 안 된다니까요. 말이 안 통하네요."

중년 여인의 목소리가 뾰족해졌다.

주변에서 지켜보고 있던 호텔 직원들이 참견해야 하는지 고민하고 있을 때였다.

또각! 또각!

하이힐 소리가 계단에서 울렸다.

"대화가 안 되는 건 그쪽이잖아요. 자신의 이야기만 주장하는 건 대화가 아니에요."
 감미로운 여인의 음성이 들려왔다.
 이층 카페 가장자리에 앉아 로비를 내려다보고 있던 여인의 등장에 주변이 일순간 시끄러워졌다.
 "어?"
 "저 여인은 그레이스잖아."
 "사인 받고 싶다."
 로비에 있던 사람들이 미국 최고의 배우이자 유명 가수 가운데 한 명인 그레이스를 보면서 웅성거렸다.
 도레미파 레코드에서 왕관의 보석처럼 아끼고 있는 그레이스가 호텔 로비에 등장했다.
 앳된 얼굴에 환상적인 몸매!
 그리고 외모를 뛰어넘는다고 평가받는 훌륭한 가창력!
 뛰어난 연기력을 보여 주는 실력파 미녀 가수가 바로 그레이스였다.
 그녀는 국민 여동생이라고 불릴 정도로 사람들로부터 많은 사랑을 받고 있었다.
 '그레이스!'
 차준후가 낯익은 얼굴을 보면서 이름을 단번에 떠올렸다. 화면에서만 보던 유명인을 가까이서 보자 강렬한 느낌을 받았다.
 미래에 지구촌의 스타 위치에 올라서는 여자인 동시에

차준후가 빚을 지고 있는 대상이기도 했다.

'원작자!'

영화 〈연인과 함께〉에 삽입된 〈사랑하는 그대와 함께〉 곡의 진정한 주인이 나타났다.

그레이스 켈리!

뭐 하나 빠질 게 없어 보이지만 그녀에게 따라붙은 불온한 꼬리표가 하나 있었다.

'꽝 손!'

3집 앨범까지 발표해서 실력파 미녀 가수로 인정을 받고 있었지만 정작 자신의 대표곡이 아직 없는 비운의 가수이기도 했다.

뜰 곡이라고 확신한 노래들은 표절 시비로 큰 비난을 받아야만 했고, 외면했던 것들은 다른 가수에게로 가서 엄청난 대히트를 기록했다.

한마디로 운이 지독히도 없었다.

대중들로부터 엄청난 사랑을 받는 노래를 발표하는 건 그녀가 이십 대 중반에 접어들었을 무렵이었다.

이십 대 초반의 그녀에게는 아직도 멀다면 먼 미래의 일인 것이다.

차준후의 뇌리에 그레이스에 대한 기억들이 생생하게 떠올랐다.

제6장.
그레이스 켈리

그레이스 켈리

"이게 무슨 경우 없는 짓이죠?"

중년 여인이 불쾌감을 드러냈다.

"제가 실례를 범한 건 사실이에요. 그러나 안 된다고 하는 걸 계속 요구하는 건 실례를 넘어선 무례한 거죠."

"이익!"

중년 여인이 입술을 질끈 깨물었다.

여기에서 전국적인 인지도를 지닌 그레이스에게 소리쳤다가는 어떻게 될지 상상할 수조차 없었다.

벌써부터 주변에서 수군거리는 소리가 들려왔다.

"VIP를 우대하지 않으면 후회할 거예요."

그녀가 마지막으로 한마디 툭 내뱉고 빠르게 로비에서 자취를 감췄다.

차준후가 아무 말 없이 그저 어깨만 으쓱거렸다.

갑작스럽게 상황이 정리됐다.

"안녕하세요, 대표님. 그레이스 켈리라고 해요. 저 아시나요?"

그레이스가 싱긋 웃으면서 차준후를 바라봤다.

"모를 수가 없죠. 만나서 반갑습니다. 차준후입니다."

세계에서 통하는 아이돌 톱급 외모라고 할까?

오밀조밀한 아름다운 얼굴에 비현실적으로 짙은 속눈썹을 갖고 있었다.

그녀는 귀여우면서도 섹시함을 가지고 있는 매력 넘치는 여인이었다.

차준후는 눈앞의 여인에 대해 충분히 많은 걸 알고 있었다.

유학 시절 그녀가 출연한 드라마와 영화, 그리고 들려준 음악은 그의 뇌리에 영원히 새겨졌다.

너무나도 선명했기에 광고에 〈사랑하는 그대와 함께〉을 사용하기도 했다.

화면 속에서만 봤던 그레이스가 눈앞에서 영롱한 목소리로 이야기하고 있다는 게 마냥 신기했다.

"저에게 잠시 개인적인 시간을 내주실 수 있나요? 전화를 드리고, 편지를 직접 써서 보냈는데도 연락이 없어서 실례라는 걸 알면서도 호텔로 찾아왔어요."

약속을 잡지 않고 나타난 그녀는 차준후에게 미안함을 드러냈다.

전국 콘서트를 끝마치고 모든 방송을 멈춘 채 삼 개월 넘게 쉬면서 차기 앨범을 제작하기 위해 준비 중이었다.

이번에는 기필코 성공하겠다는 의도였다.

도레미파 레코드사에서 이번에는 틀림없이 큰 사랑을 받을 곡들을 섭외한다고 했지만, 솔직히 믿음이 가지 않았다.

세 번이나 들었던 이야기였으니까.

집에서 뒹굴면서 좋은 신곡을 골라야 한다는 압박감을 받고 있을 때, SF-NO.1 광고를 시청하게 됐다.

광고에 삽입된 노래를 듣는 순간 뇌리에 강렬함이 스치고 지나갔다.

도레미파 레코드사에 이 음악 제작자에게 신곡을 받아 달라고 요청했다.

음악 제작자의 신곡을 받기 위해 도레미파 레코드사가 백방으로 노력했지만, 아무런 성과를 거두지 못했다는 말에 발을 동동 구르다가 호텔로 부리나케 달려온 것이다.

사실 미안한 걸 따지면 무단으로 음악을 가져온 차준후가 더욱 컸다.

"기꺼이 내어드려야죠."

차준후가 그레이스와의 시간을 가지기로 했다.

드라마와 영화도 좋아했지만 가장 선호하는 건 바로 음악이었다.

영혼까지 채워 줬던 그녀의 감미로웠던 음악들이 생생하게 기억났다.

팬으로 좋아했던 연예인!

이십 대 초반의 아름다운 그레이스와 대면하고 있다는 사실 때문에 심장이 살짝 두근거렸다.

아!

이건 연심이 아니라 팬심이었다.

"감사해요. 2층에서 차 한잔하면서 대화해요."

두 사람이 계단을 통해 이층 차 & 커피 매장으로 올라갔다.

로비에 있던 몇몇 사람들도 그들의 뒤를 따랐다.

* * *

바다가 보이는 카페의 내실로 안내받은 두 사람이 음료를 주문했다.

"약속도 없이 만나러 왔는데, 실수한 부분이 있더라도 너그럽게 양해 부탁드려요. 도저히 더 기다릴 수가 없었어요."

의자에 앉은 그레이스가 뜨거운 김이 나는 홍차가 담긴 찻잔을 호호 불면서 차준후의 눈치를 살폈다.

"이렇게 만나게 되어서 반갑습니다. 노래는 즐겨 듣고 있습니다."

차준후가 친근한 미소를 머금었다.

덕분에 불안해하던 그레이스의 긴장했던 표정이 풀렸다.

"고마워요. 제 노래를 좋아하실 줄은 몰랐어요."

앨범 반응이 나쁘지는 않지만 그렇다고 아주 좋다고 말하기에는 어려웠기 때문이었다.

전문가들과 대중들은 인기에 비해 발표하는 노래가 부족하다고 시끄럽게 떠들어 댔다.

전국적인 명성을 가지고 있는 인기의 부작용이었다.

나쁘지 않은 성적이었지만 높은 인기와 비교할 때 부족한 건 사실이었다.

그녀가 바라봐야 할 곳은 그저 그런 위치가 아닌 가장 높은 자리였다.

톱스타는 항상 자신의 가치를 증명해야 치열한 연예계에서 살아남는다.

"……."

차준후가 말없이 웃으며 커피를 한 모금 마셨다.

그가 즐겨들었던 음악은 지금의 것이 아닌 미래의 노래

였으니까.

 가수로서의 그녀의 전성기는 지금이 아닌 조금 더 후였다.

 "차기 앨범을 준비하고 있어요."

 "기대하고 있겠습니다."

 "솔직히 말씀드릴게요. 많은 곡들을 받았지만 며칠 전까지만 해도 마음에 드는 음악이 없었어요."

 이대로 앨범을 발표했다가는 대중들 반응이 어떨지 뻔히 보였다.

 "그러다가 미니스커트 광고를 보고 큰 충격을 받았죠."

 그녀가 말하면서 차준후를 쳐다봤다.

 사람들은 SF-NO.1 밀크 광고를 미니스커트 광고라고 불렀다. 정작 화장품보다 미니스커트가 더욱 부각되는 모양새였다.

 '내가 바꿔 놓았던 미래가 이렇게 이어지는 건가?'

 차준후가 말없이 이해한다는 듯 고개를 주억거렸다.

 노래의 원작자로서 자신의 노래를 처음 듣게 되면 어떤 느낌일까?

 이런 예술적인 부분은 차준후가 알 수 없었다.

 미루어 짐작하기도 어려운 영역이었다.

 "광고를 보면서 단숨에 하나의 음악이 뇌리에 떠올랐어요. 누가 머릿속에 음악을 새겨 넣는 것처럼 단숨에 음악을 완성시키는 신비한 경험을 했어요."

황홀한 표정을 짓는 그레이스였다.

오랫동안 고민해도 나오지 않던 곡이 미니스커트 광고를 시청하면서 단번에 튀어나왔다.

그저 그런 평범한 곡이 아닌 스스로 생각해도 엄청난 곡이었다.

"대단하군요."

차준후가 감탄했다.

미래의 곡이었는데도 불구하고 원작자는 자신의 곡을 알아본 모양이었다.

진정 재능을 갖춘 가수가 자신의 것을 습득했다고 할까?

아니면 노래가 주인을 찾아갔다고 해야 하나?

이 부분에 대해 예술과 음악에 대해 전문적인 지식이 없는 차준후가 판단을 내릴 수는 없었다.

"이번에는 정말 좋은 곡을 만들어 냈다고 자신할 수 있어요. 그런데 문제가 있다는 걸 알게 됐죠."

"어떤 문제입니까?"

"제가 만든 곡은 광고에서 영감을 받았다고 말하기에는 무리가 있다는 사실이죠. 광고 음악을 차용해서 만든 표절 곡인 셈이니까요."

그레이스가 입술을 깨물면서 이야기했다.

어떻게든 머릿속에 떠올랐던 노래를 표절인 상태가 아니라 새롭게 창조하려고 했지만 무리였다.

뜯어고칠 수도 있지만 그렇게 되면 곡의 매력이 사라져 버렸다.

사실 공부하기 위해 다른 곡들을 베끼고 차용하는 건 큰 문제가 아니었다.

그러나 표절한 곡을 외부에 원작자의 허락을 받지 않고 발표하면 문제가 커진다.

"곡을 발표해도 괜찮을지 허락을 구하기 위해 찾아왔어요."

그녀가 부끄럽다는 듯 고개를 숙이며 작게 이야기했다.

피땀 흘려 작곡한 노래의 테마를 사용할 수 있게 해 달라니, 스스로 생각해도 무리한 요구였다.

그렇지만 너무나도 좋은 곡이었기에 차준후를 찾아올 수밖에 없었다.

"들어 보고 결정하고 싶습니다. 한 번 들어 볼 수 있을까요?"

차준후는 자신의 노래를 찾으려고 하는 그녀의 마음을 이해했다.

이미 마음으로는 허락을 한 상태였다.

그러나 이런 소중한 기회를 그냥 날려 버리기에는 팬심

이 울었다.

그레이스의 노래를 직접 들어 보고 싶었다.

"물론이죠."

그녀가 가볍게 허밍을 하며 목을 풀었다.

듣기 좋은 미성이 차준후의 귓가를 부드럽게 간질였다.

'좋구나.'

허밍으로 이어지고 있는 노래는 차준후가 기억하고 있는 〈사랑하는 그대와 함께〉와 대단히 유사했다.

추억에 빠져들게 만드는 노래에 차준후는 눈을 감고 집중했다.

"부를게요."

그레이스가 노래를 부르기 시작했다.

[사랑하는 그대와 함께~.]

그레이스가 최선을 다해 노래를 불렀다.

도레미파에서 가수 지망생으로 오디션을 볼 때처럼.

콘서트에서 십만 관객을 앞에 두고 부르는 것처럼.

빌보드의 가장 꼭대기를 차지하기 위해 열정을 모두 담아서 열창했다.

디리링! 디리리링!

차준후의 귓가에는 들리지 않는 기타 소리가 환상적으로 떠올랐다.

선명한 기억 속의 원곡과 미세하게 다른 부분이 있기도 했지만, 그레이스의 노래는 아주 듣기 좋았다.

커피숍 매장의 실내는 외부의 시선과 조용한 대화를 막아 주는 수준이었지, 가창력이 좋은 가수의 열창하는 노래까지 막아 줄 정도는 아니었다.

"와! 노래 정말 좋다."

"그레이스의 신곡인가 봐."

"이번 신곡은 그녀의 명성에 어울리는 성적을 내겠다."

"가만히 들어 보니까, 미니스커트 광고 음악과 유사하네."

"정말이네!"

"그레이스가 스카이 포레스트 사장과 협업해서 노래를 만들고 있는 거야."

두 사람이 들어간 실내 주변에 있던 사람들이 노래를 들으면서 떠들어댔다.

전국을 요란하게 만든 차준후와 유명 톱스타 그레이스 켈리에 대한 사람들의 호기심이 크게 늘어났다.

확인되지 않은 소문이 빠르게 퍼졌다.

노래를 모두 마친 그레이스가 거칠어진 호흡을 가다듬으면서 차준후를 쳐다봤다.

눈을 감고 있는 차준후의 입가에 미소가 피어 있었다.
"좋네요."
눈을 뜬 차준후가 순수하게 감탄했다.
일대일 개인 콘서트를 감상할 수 있게 되어서 영광이었다.
그녀 역시 천재라는 말 이외에는 그레이스를 설명할 길이 없었다.
여덟 마디의 광고 음악 주제를 듣고서 자신의 노래를 완성시켜 버렸다.
"감사해요."
"좋은 노래를 들려주셔서 제가 더 감사합니다. 제 허락이 필요하다고 말씀하셨죠?"
"네."
"이제부터 사랑하는 그대와 함께의 곡 주인은 당신입니다."
차준후가 곡을 원작자에게 돌려줬다.
곡을 무단으로 사용했던 찝찝한 기분을 털어 버릴 수 있었다.
"부족한 점은 없었나요?"
"아주 좋았습니다. 완벽합니다."
영화에 사용됐던 음악과 우열을 가릴 수 없을 정도로 좋게 느껴졌다.

음악적 재능이 미미한 차준후였다.

그 사실을 누구보다 잘 알았다.

천재 그레이스의 부족한 부분을 지적할 음악적 역량은 애당초 없었다.

음악적으로 이야기를 나누기라도 하면 미미한 역량이 금세 드러나기 마련이었다.

천재와의 대화는 조심해야만 한다.

"다만, 이 음악은 기타 연주와 함께하면 좋습니다."

〈사랑하는 그대와 함께〉 곡은 기타 연주를 하면서 폭발적인 인기를 누렸다.

"아! 저도 그런 느낌을 받았는데, 통하는 부분이 있네요."

그레이스가 차준후를 바라보면서 환하게 웃었다.

말하지 않았는데도 경이로운 음악을 만든 천재와 서로 마음이 맞았다는 사실이 너무 좋았다.

차준후를 바라보는 그녀의 볼이 발개졌다.

말로 설명하기 힘든 기이한 감정이었다.

'너무 좋아!'

그녀가 기쁜 마음을 감추지 못했다.

사실 요즘 도레미파 스튜디오로부터 가수보다는 배우에 힘을 쏟자는 이야기를 듣고서 무척이나 실망한 터였다.

그러던 차에 마음이 맞는 차준후를 만나서 〈사랑하는

그대와 함께〉를 완성시켰다.

모든 사람들이 좋아하는 명곡을 직접 만든다는 건 쉽지 않았다.

수많은 작곡가들이 명곡을 만들어 내기 위해 도전하지만 대부분은 실패하고 만다.

부귀영화는 자연스럽게 따라붙고, 명곡을 작곡해 냈다는 자체만으로 명예로워진다.

탈락해서 고배를 마시며 쓸쓸히 사라져 간 작곡가들을 그녀는 그동안 많이 보고 겪어 왔다.

실패를 맛보는 작곡가가 아닌 빌보드 가장 꼭대기를 차지할 대단한 작곡가들 가운데 한 명을 지금 그녀가 만나고 있었다.

그녀는 간단하면서도 핵심적인 내용만 콕 찍어서 이야기하는 차준후의 모습에서 음악에 대한 전문가적인 향기를 진하게 맡았다.

오해와 함께 그레이스의 마음속에서 차준후의 존재감이 커졌다.

"어디 화장품을 사용하고 계시죠?"

노래에 대한 이야기를 정리한 차준후가 물었다.

불후의 명곡으로 남을 노래를 만들어 낼 사람이다.

바야흐로 지구촌 탑스타로 떠오를 그레이스 켈리와 업무적인 대화만 하고 보낸다는 건 개인적으로나 회사 측면에서 커다란 손실이었다.

 유명한 여인이 걸치고 있는 옷들과 장신구 등은 대중의 커다란 관심을 받는다.

 사용하는 화장품도 마찬가지였다.

 탑스타 그레이스 켈리가 스카이 포레스트 제품을 이용한다는 사실만으로도 커다란 홍보 효과를 볼 수 있었다.

 차준후는 미래의 홍보 방법까지 잘 알고 있었다.

 "프랑스 알레일 회사 제품들을 이용하고 있어요."

 "우리 회사 화장품을 이용하시면 어떻겠습니까? 협찬해 드리겠습니다. 업계 최고의 광고비까지 지급하겠습니다."

 환하게 웃고 있던 그녀의 얼굴 표정이 어두워졌다.

 "오해는 하지 말아 주세요. 스카이 포레스트 제품을 이용하고 싶기는 한데 제가 피부에 예민해서……."

 그녀는 피부 트러블 때문에 화장품을 사용하는 데 있어 많은 제약을 받았다.

 피부에 좋다는 화장품을 이용해도 피부가 붉게 달아오르거나 뾰루지가 나는 등 많은 고생을 하고 있었다.

 민감한 피부 때문에 고생하는 경우가 많았다.

 "작은 자극에도 민감하게 반응하는 피부를 가지셨네요. 자극이 적은 좋은 품질의 화장품을 사용하면 좋습니다."

"네? 저는 지금 최고급 알레일 회사 제품을 사용하고 있는데요?"

알레일은 프랑스 회사로 세계에서 가장 유명한 화장품 회사 가운데 한 곳이었다.

매출 규모로만 봐도 세 손가락 안에 들어가는 대단한 기업으로, 제약 사업까지 함께하고 있었다.

"유명한 회사의 최고급 제품이라고 해서 무조건 신뢰를 한다는 건 위험한 일입니다. 우리 회사의 화장품을 사용해 보면 좋다는 걸 단번에 알 수 있을 겁니다."

차준후가 자신감을 드러냈다.

지금 시대에 천연 재료를 주된 성분으로 이용하고 있는 스카이 포레스트만큼 소비자를 신경 쓰는 화장품 회사는 없었다.

화장품 회사들은 원가 절감과 대량 생산을 위해 부작용이 많은 원재료들을 기꺼이 사용하고 있었으니까.

그녀가 눈을 동그랗게 떴다.

차준후에게서 화장품 전문가의 자신감이 강렬히 흘러나왔다.

화장품 분야에 있어 차준후를 따라올 사람이 지금 시대에는 존재하지 않았다.

"사용해 볼 생각이 있다면 저자극 화장품을 드리겠습니다."

"저자극 화장품이라는 게 있나요?"

자극이 적은 화장품이라는 건 알겠는데, 평소 화장품에 관심이 많은 그녀였지만 저자극 화장품이라는 말은 처음으로 들었다.

"민감한 피부에 자극을 적게 주는 화장품을 연구 개발해 왔고, 조만간 스카이 포레스트에서 발매 준비하고 있습니다. 저자극 화장품을 이용하면 피부 트러블을 최소화하는 게 가능합니다."

가난한 대한민국의 현실 탓도 조금은 있었지만 차준후는 기본적으로 천연 물질 화장품 제조를 선호했다.

화장품은 피부에 직접적으로 작용하는 만큼 주의를 기울여 세심하게 만들어야 한다.

화장품 제조사들은 막중한 책임 의식을 가지고 화장품을 만들어야 하는데, 그보다 이익을 우선하는 경향이 있었다.

석유 화학 물질 위주로 된 이 시대의 화장품들과 스카이 포레스트의 제품은 근본적으로 차원이 달랐다.

이른바 격이 다른 제품이라고 할 수 있다.

위생 시설 등 부족한 점도 있었지만 차준후는 21세기의 엄격한 품질 관리 제도와 규정에 맞춰 1960년대 소비자의 안전을 위해 최선을 다했다.

'와아! 노래에 대해 이야기할 때보다 더 멋있잖아!'

차준후를 바라보는 그레이스 켈리의 눈이 커졌다.

"좋아요. 그런데 스카이 포레스트의 화장품을 이용하는데 한 가지 조건이 있어요."

"말씀하시죠."

"그레이스 켈리 양이 아닌 그레이스라고 불러 주세요. 친한 사람들만 부르는 호칭인, 레이라고 불러 주셔도 좋고요."

풀네임으로 불리니 왠지 모르게 거리감이 느껴졌다.

차준후와 거리감을 좁히기 위해 아주 사소한 조건을 내걸었다.

"그레이스! 앞으로 그렇게 호칭하겠습니다."

좋아하던 스타를 이름만으로 부르자 묘한 느낌을 받는 차준후였다.

"……이제부터 스카이 포레스트 화장품을 이용할게요."

레이라고 불리지 않아 내심 서운한 그레이스였다.

거리감은 차츰차츰 좁히면 되었기에 서운한 감정을 털어 냈다.

'멋져!'

전문적인 지식과 함께 자신감을 드러내는 차준후를 보면서 살짝 반해 버렸다.

그녀의 눈동자 안에 차준후의 모습이 크게 부각됐다.

여러 국가를 돌아다니면서 많은 사람들을 만나왔지만 차준후처럼 강렬한 분위기를 연출해 내는 남자는 겪어 보지 못했다.

진정으로 매력이 넘치는 남자였다.

"잘 생각하셨습니다."

차준후가 미소를 머금었다.

탑스타에게 하는 협찬은 화장품을 명품으로 만드는 일에 있어 커다란 도움이 된다.

영상 매체에 보이는 유명인들은 시청자들에게 그 자체로 커다란 홍보이자, 움직이는 광고판이었다.

기업들이 탑스타들에게 많은 공과 자금을 들이는 이유다.

미국에서 화제의 대상이 된 스카이 포레스트이지만 명품으로 인정받기 위해서는 아직 여러 단계가 필요했다.

유명인인 그레이스의 적극적인 도움이 있다면 그 시간이 줄어든다.

명품화 과정에 있어 또 하나의 디딤돌을 놓으려 하는 차준후였다.

"작곡도 잘하시고 혁신적인 화장품들까지 연달아 개발하시고, 정말 대단하세요."

"그렇게 대단하지는 않습니다."

차준후가 겸양의 자세를 보였다.

문제에 대한 답을 이미 알고 있었다고 할까.

자신에게 전문적인 지식이라는 이점이 있었지만, 미래에서 왔다는 점이 한몫한 것이다.

"역시. 천재에게는 단순한 일인가 보네요."

차준후를 바라보는 그레이스의 눈빛이 더욱 초롱초롱해졌다.

갑부에게 백만 달러가 적은 금액인 것처럼 천재에게는 사람들에게 업적이라 칭송을 받는 내용들도 단순한 아이디어일 뿐이었다.

"그게 아니라……."

"무슨 이야기인지 알아요."

그레이스의 오해가 더욱 깊어졌다.

고민의 기색 없이 가볍게 내놓은 말이었기에 대단하지 않다고 말하는 것이리라!

언제든지 이 정도 일은 손쉽게 해낼 수 있다.

"사람들의 시선과 관심을 받으며 살아간다는 게 쉽지 않죠. 밖에 나오면 무수하게 꽂히는 시선들 때문에 고생할 때가 있어요. 저만 해도 곤혹스러울 때가 많은데, 천재면 더욱 어렵겠죠."

"……."

미래에서 왔다는 걸 말하지 않는 이상, 차준후가 오해를 바로잡을 방법이 없었다.

말한다고 해도 믿어 줄 사람이 얼마나 있을까?

차라리 천재로 오해받는 게 자연스러웠다.

"라운 감독이 샤인의 드라마를 제작 중입니다. OST를 제게 맡겼었는데, 그레이스가 맡아 주실 수 있겠습니까?"

"어머! 제가 해도 될까요?"

"오히려 제가 부탁드려야죠."

부담스러웠던 OST를 원작자 그레이스에게 넘길 수 있어서 다행이라고 생각하는 차준후였다.

"좋은 기회를 주셔서 감사해요. 천재의 명성에 누를 끼치지 않도록 노력할게요."

"저는 해야 할 일이 있어서 이만 자리를 정리해야겠습니다."

차준후가 곤혹스러운 시간을 끝내려고 했다.

진짜 재능이 있는 사람에게 계속 천재라고 칭송을 받다니.

더 이상 버티기가 어려웠다.

"어머! 제가 시간을 많이 뺐었죠. 죄송해요."

그녀는 아쉬웠지만 일어설 수밖에 없었다.

"즐거운 시간이었습니다."

"다음부터는 미리 연락을 드리고 찾아올게요. 그때에는 노래에 대해 진지한 이야기를 나누고 싶어요."

음악적 교감이 통하는 차준후와 지속적으로 연락하기를 원하는 그레이스였다.

차준후는 몹시 당황스러웠다.

'될 수 있으면 피해야겠네.'

그레이스가 어떻게 생각하든 음악에 관련된 이야기를 하고 싶지 않았다.

"그 부분은 다음에 이야기하지요. 쉽게 말할 내용이 아니니까요."

차준후가 그레이스와 함께 밖으로 나왔다.

"흔쾌히 곡을 허락해 주셔서 정말 감사해요. 재능이 넘치는 작곡가님과 이야기를 해서 즐거웠어요."

그레이스가 헤어지기 전에 재차 고마움을 표현했다.

"저 역시 즐거웠습니다."

재능이 아니라 회귀한 덕분이다.

아무튼 두 사람이 훈훈하게 헤어졌는데……

카페에 있는 사람들의 눈과 귀가 일제히 두 사람에게 쏠렸었다.

두 사람이 카페 밖으로 사라지자, 카페 안이 소란스러워졌다.

"허락해 줬다는 말 들었지. 저 사람이 그레이스에게 곡을 준 거다."

"이번 곡은 정말 좋았어."

"틀림없이 빌보드 1위에 올라설 거야. 내 감은 확실해."

"미니스커트 광고에 있는 곡이 실체를 완전히 드러냈

다. 기대했던 것 이상이야."

카페 안 사람들로부터 시작된 유언비어 들이 확산되어 떠돌게 됐다.

하루도 지나지 않아서 엄청난 소문들이 빠른 속도로 양산됐다.

[곡을 받은 거나 다름없어요.]
[그는 진짜 재능이 넘치는 천재이다. 짧게 내뱉던 한마디들이 나의 심금을 울렸다. 그와 함께했던 시간은 너무 행복했다.]

다음 날, 곧바로 앨범 제작을 시작한 그레이스 켈리는 언론 매체와 인터뷰를 했다.

자신의 이야기보다 차준후와 관련된 내용들을 더 많이 하는 아주 특이한 인터뷰였다. 그런데 그런 인터뷰를 언론 매체들이 싫어하지 않고 오히려 더욱 반겼다.

차준후와 관련된 이야기들은 대중의 호기심을 받을 수 있는 아주 좋은 소재였기 때문이었다.

- 최대한 빨리 앨범을 제작해서 올해가 가기 전에 노래를 발표할 거예요.

전화기를 통해 그레이스 켈리의 흥분된 목소리가 흘러나왔다.

"너무 급하게 진행하는 거 아닙니까?"

- 대표곡만 정하지 않았을 뿐, 다른 곡들을 모두 준비했으니까요. 대표곡만 녹음하면 끝이라 어렵지 않아요.

음반업계의 일에 대해 차준후가 아는 내용은 거의 없어서 그러려니 하고 넘어갔다.

할 수 있으니까 말하는 거겠지.

- 도레미파 스튜디오 대표님이 한번 만나 뵙고 싶다고 이야기하고 있어요. 감사 인사와 함께 작곡비를 드리겠다고 하네요.

"괜찮습니다. 그리고 작곡비는 사양하겠습니다."

차준후는 진짜 원작자에게 작곡비를 받고 싶은 마음이 눈곱만치도 없었다.

- 드려야 하는데…….

말끝을 흐리는 그레이스 켈리가 아쉬워했다.

작곡비보다 차준후와의 만남을 한 번이라도 더 가지고 싶었다.

그레이스 켈리의 인터뷰 때문에 차준후와 관련된 소문들이 더욱 많아졌다.

차준후의 재능을 찬양하는 동시에 영감을 받아 곡을 만들었다는 이야기였다.

- 사랑하는 그대와 함께 완성곡은 대단하다. 명곡! 전

설로 남을 엄청난 곡이다.

- 듣자마자 사랑에 빠지고 말 것이다. 미니스커트 광고에 실린 아름다운 음악이 고스란히 이번 곡에 실렸다. 그만큼 곡이 잘 나왔다.
- 빌보드 1위는 맡아 뒀다.
- 최고 재능을 가진 디바 그레이스가 드디어 제대로 된 명곡을 만났다.

그레이스 켈리와 도레미파 스튜디오가 음반 제작에 더욱 박차를 가했다.

사랑하는 그대와 함께 대한 소식을 들은 사람들은 벌써부터 큰 관심을 드러냈다.

도레미파 스튜디오에서 적극적으로 소문을 부채질했다.

실력은 출중했지만, 히트한 적이 없던 그레이스를 위해서 도레미파 스튜디오가 총력을 기울였다는 소문이다.

가지고 있는 모든 화력을 퍼부었다.

절호의 기회였기에, 미니스커트 광고에 편승해서 사랑하는 그대와 함께 노래를 강력하게 홍보했다.

잘 짜인 마케팅 전략으로 그레이스 켈리와 앨범을 사람들에게 알리는 데 성공했다.

기준

 광고에서 사용된 극히 짧은 음악만으로도 커다란 관심을 드러냈던 사람들이 곡 완성 소식을 듣고 크게 환호했다.

- 드디어 베일에 싸여 있던 명곡을 들을 수 있게 됐어.
- 예약 판매한다는 소식을 듣고 레코드 가게에 가서 돈을 지불했지.
- 나도 구매했다.
- 하루라도 빨리 나왔으면 좋겠다. 기다리기 힘들어.

음반 발매 전부터 예약 주문이 쇄도했다.
흥행 조짐이 크게 일어났다.

가수로서 성공하기 위해서는 실력도 중요하지만, 그보다 먼저 좋은 노래가 필요하다는 걸 제대로 보여 주는 사례였다.

 빌보드 1위에 올라설 수 있는 명곡을 줬다는 소문으로 인해 스카이 포레스트와 호텔로 음반 업체와 유명 가수들의 연락이 엄청나게 많이 쏟아졌다.

 미국 역사를 살펴볼 때, 첫 작곡 노래로 빌보드 1위에 오른 업적을 기록한 작곡가는 손가락으로 꼽을 정도로 적다.

 역사적인 재능을 가졌다고 말해도 과언이 아니다.

 아직 빌보드 1위에 올라서지는 못했지만 차준후는 시장에서 역사적 재능을 가진 작곡가로 인정받고 있었다.

 "어떻게든 천재 작곡가를 만나 곡을 의뢰해야 한다. 사람들의 기억에 평생 남을 곡을 받아 보자."

 "당연한 소리! 우리도 이번에 빌보드 1위를 찍어 봐야죠."

 "건물을 은행에 담보로 맡겨 놓고 거액의 곡 의뢰비를 준비해서 가져왔지."

 "다른 음반 업체에 좋은 노래를 빼앗기지 않을 거다."

 수많은 연락에도 불구하고 일절 대응하지 않는 차준후를 찾아서 관계자들이 밤낮 할 것 없이 호텔로 몰려들었다.

"저는 파운드 레코드사에서 나왔습니다. 수차례 연락을 드려도 연결이 되지 않아 직접 찾아왔습니다. 로열 스위트룸에 머무르고 있는 차준후 작곡가님을 만나고 싶습니다."

"죄송합니다만 작곡가님께서는 얼마 전에 로열 스위트룸에서 퇴거하셨습니다."

"네? 어디로 가셨는데요?"

"어디로 가셨는지는 듣지 못했습니다."

가수들에게 곡을 줄 생각이 없는 차준후가 사람들을 피해 개인 집으로 거처를 옮긴 상태였다.

명곡 발표로 인해 벌어진 후유증이라는 걸 알았기에 지나치게 신경을 쓰지 않으려고 했다.

어차피 시간이 지나면 잊혀질 것이다.

미국에서의 사업이 어느 정도 반석 위에 올리셨다고 판단했기에 한국으로 돌아갈 비행기 표를 구해뒀다.

지나치게 안일한 생각이었다.

좋은 곡을 향한 가수들의 열망은 대단했다.

가수들은 차준후에게서 곡을 받겠다는 욕망을 포기하지 않았다.

- 그가 고국으로 돌아가는 비행기 표를 예매했다.
- 여권을 빼앗아야 한다.
- 그는 미국에 영원히 남아 있어야 할 인재다.

- 우리한테 곡을 주기 전까지는 그는 비행기를 타지 못한다.

음반 업계에 광풍 조짐이 일어나고 있었다.

그리고 이런 이야기는 음반업계에만 머무르지 않았다.

- 갈 때 가더라도 패션스쿨을 설립하고 학생들을 받아 교육시킨 다음에 돌아가야 한다. 머릿속 패션 철학을 학생들에게 모두 전수하기 전에는 미국을 떠날 수 없다.

- 미니스커트와 같은 옷들을 계속 만들어다오.

- 새로운 화장품을 연구하고 있다고 들었는데……,

- 여성들을 위한 좋은 화장품을 만들어 주세요.

한 달도 채 지나지 않았는데 차준후가 미국에 일으킨 충격은 대단하다는 말로는 크게 부족했다.

이제 미국에서 볼 수 없다는 소문 때문에 새벽에도 호텔로 달려오는 사람까지 있을 정도였다.

화장품 업계를 비롯해서 패션업계, 광고업계, 드라마 업계 등 여러 곳에서 차준후를 만나고 싶은 사람들이 늘어났다.

* * *

고국으로 돌아갈 날이 가까워지고 있는 가운데 차준후는 더욱 열심히 일하며 돌아다녔다.

아홉 시부터 여섯 시까지 그의 일과는 꽉 짜여졌다.

빡빡하게 움직이면서 중간에 틈이 없도록 만들었고, 그런 탓에 일정 외에 다른 만남은 성사되지 않았다. 원래부터 많은 사람들을 만나는 성격이 아니기도 했다.

차준후가 불편하다고 생각되는 수많은 만남을 회피하고 있기도 했지만 실제로 정말 바빴다.

SF 패션에서 얼마 전에 새롭게 매입했던 공장을 신판정과 함께 답사하고 있었다.

SF 패션에서 만드는 의류들은 불티나게 판매되고 있었기에 더욱 많은 생산이 필요했다. 그래서 주변의 폐업하거나 폐업 예정의 공장들을 꾸준하게 사들였다.

SF 패션이 갑작스럽게 부상하면서 중소 의류 공장들의 폐업이 앞당겨졌다. 중소 공장들은 더 이상 사업을 지속하지 못하고 손을 들고 말았다.

SF 패션은 이런 공장들을 적당한 금액에 하나하나 접수해 나갔다.

중소 공장 사업주들 입장에서도 헐값에 설비와 공장을 판매하는 것보다 통째로 SF 패션에 넘기는 게 이득이었다.

- 우리 은행에서 낮은 금리로 대출을 해 드리겠습니다.
- 주거래 은행으로 삼고 거래를 해 주신다면 기존 대출 금리를 1.0 포인트 낮춰드리는 게 가능합니다.

- 기업 정책자금 최대 대출을 보장합니다.
- 다른 은행들보다 무조건 좋게 대우하겠습니다.

미국 은행업계는 스카이 포레스트에 대출을 해 주지 못해 혈안이었다.

자금력의 여유를 떠나 모든 은행들이 스카이 포레스트에 관심을 기울였다.

그러나 시간이 흐르면서 나날이 높아지고 있는 스카이 포레스트의 높은 몸값을 감당하지 못하고 자금력 약한 은행들이 물러났다.

차준후가 대한민국으로 돌아가기 전, 스카이 포래스트의 주거래 은행을 정한다는 소문이 떠돌았다.

이번 주 내로 주거래 은행이 결정될 것이라는 소문과 함께 은행들의 경쟁이 한층 더 과열됐다.

어느 은행에서 1억 달러 이상의 대출까지 제안했다는 확인되지 않은 이야기까지 있었다.

비상한 능력을 발휘하며 드높은 명성을 자랑하는 천재 차준후가 이끄는 스카이 포레스트는 짧은 시간에 엄청나게 성장했다.

그렇게 보면 1억 달러 대출도 결코 무리는 아니었다.

지금의 스카이 포레스트 기세라면 1억 달러의 순이익을 올리는 날이 멀지 않다고 전문가들은 판단했다.

보수적인 은행에서 1억 달러 대출이 가능하다고 제시

한 건 그만큼의 미래 가치가 있다는 의미이다.

게다가 스카이 포레스트의 재무 구조는 어떤 미국 기업보다 건실했다.

건실한 재무구조에 막대한 수익을 거두고 있는 스카이 포레스트에 은행을 비롯한 투자가들의 몸이 달아올랐다.

- 투자하고 싶습니다.
- 투자하면 지분을 받을 수 있습니까?
- 스카이 포레스트에 지분 투자를 하려고 하는데, 차준후 대표님을 만날 수 있을까요?
- 브란스 투자 법인입니다. 스카이 포레스트와 좋은 협력 관계를 가지고 싶어서 전화 드렸습니다.

스카이 포레스트에 투자하여 지분을 획득하고자 하는 투자 법인과 자본가들의 전화가 미국 법인 사무실에 끊임없이 걸려 왔다.

지분과 관련된 이야기는 일선에서 모두 잘려 나갔다.

100% 모든 지분을 차준후가 소유하고 있었고, 아직까지는 남들과 공유할 생각이 없었다.

이런 지분 소유가 자본주의 시장에서 무조건 좋다고 말하기에는 어려웠다.

일각에서는 외부 투자를 받지 않고 있는 차준후와 스카이 포레스트를 비판하는 이야기들도 흘러나왔다.

- 회사를 성장시키기 위해서는 외부 투자를 적극적으

로 유치해야 한다.

- 너무 독단적이다.

- 자본주의 시장에서 회사 키우는 법을 모른다.

비판 섞인 목소리에도 불구하고 차준후는 눈 하나 깜빡하지 않았다.

그도 그럴 것이 외부 투자 없이도 스카이 포레스트는 기초를 튼튼하게 만들면서 지속적으로 엄청난 수익을 내는 회사로 성장하고 있었으니까.

보란 듯이 대기업으로 나아가고 있었다.

그렇기에 은행과 투자가들이 스카이 포레스트에 돈을 대기 위해서 난리였다.

SF 패션은 덩치를 지속적으로 불려 나가면서 짧은 시간 안에 로스앤젤레스의 의류 업체들 가운데 손에 꼽을 정도로 올라섰다.

공격적으로 덩치를 키우고 있었기에 조만간 로스앤젤레스 최대의 의류 업체의 위치에 올라설 것이라는 평가가 지배적이었다.

점점 내리막길을 걷고 있던 미국의 의류 산업을 SF 패션은 다시금 재정비하면서 일으켜 세웠다.

유행을 만들고 이끌어 가면서 대량으로 팔면 통한다는 걸 보여 줬다.

미니스커트의 인기는 떨어지지 않고 계속해서 우상향

하고 있었고, 미국뿐만 아니라 영국과 프랑스 등 세계적으로 퍼져 나갔으며, SF 패션의 의류 판매는 꾸준한 증가 추세를 보이며 점점 늘어났다.

빠르게 성장하는 스카이 포레스트는 생산 직원, 고객 응대 직원, 전화 콜센터 직원, 사무실 직원, 자산 운용 담당 직원, 전문기술 직원, 간부, 임원 등 수많은 직원들을 채용했다.

LA 한국일보와 LA 타임스 등 언론 매체에는 스카이 포레스트의 채용 공고가 끊임없이 올라왔다.

로스앤젤레스 시청과 캘리포니아 주정부, 중앙정부에서도 많은 노동자를 고용하고 있는 SF 패션을 비롯한 스카이 포레스트를 눈여겨보면서 각종 혜택과 편의를 봐줬다.

"재봉틀과 원단을 찌는 섬유 제직기 상태가 나빠 보이지는 않네요."

차준후가 장비들을 둘러봤다.

그의 옆에는 기계에 대한 전문가 신판정이 함께하고 있었다.

미래 지식과 자금이 있다 해도 사업에 성공하기 위해서는 다른 사람의 도움이 필요했다.

"연식은 제법 있지만, 관리를 잘했네요. 조금만 손보면 사용하는 데 아무런 지장이 없습니다."

"여기 공장의 설비를 전부 뜯어내서 한국으로 보내고 싶습니다."

노후화되었다고 하지만 한국에서는 충분히 활용할 수 있는 설비들이었다.

설비를 통째로 가지고 가면 비용 절감과 함께 공장 건설 시간을 절약할 수 있었으며, 의류 산업 후발 주자로서 불가피한 부분이 있었다.

한국은 미국이나 일본처럼 의류 공장을 대규모로 운용하거나 만들 수 있는 기술력이 부족한 상태였다.

급증하는 의류 수요를 충족시키기 위해 공장들이 만들어지고 있었지만, 거의 전부 소규모에 열악한 환경 등을 가지고 있었다.

"설비들을 모두 가지고 가면 성삼모직에서 난리가 나겠군요."

성삼모직은 한국에서 가장 규모가 크고 잘나가는 원단 생산 공장이었다.

섬유 국산화를 선언하면서 대구에 설립된 성삼모직은 성삼그룹의 모태가 되는 중요한 기업으로 직물 사업을 점점 키워나가는 중이었다.

수입 원단으로 양복 한 벌을 만들려면 괜찮은 직장인 월급 3개월 치를 한 푼도 낭비하지 않고 모두 모아서 내야만 했다.

이런 시기에 성삼모직이 개발해 낸 국산 원단 골든보이는 비싼 수입 원단을 대체하면서 큰 인기를 끌고 있었고, 국내에서 고급 옷감으로 자리 잡았다.

1960년 3월에 싱가포르로 첫 옷감을 수출하는 기염을 토해 내기도 했지만 차준후의 눈에는 국내 제일의 성삼모직도 많이 부족했다.

"난리가 나도 어쩔 수 없는 일이죠. 사업을 하면서 경쟁은 피할 수 없는 것 아니겠습니까."

차준후가 대수롭지 않게 이야기했다.

마스크팩 제작에 있어 성삼모직과 협력을 할 수도 있었지만 아직까지도 성상그룹과 사이가 좋지 못했다.

이런 사정과 함께 국내 산업의 부족한 점을 메우기 위해 차준후는 대규모 자금을 투자해서 미국에서 폐업한 공장의 설비들을 통째로 뜯어내려고 했다.

미국의 공장 자체를 이전하는 것이기도 했기에 의류 공장의 시스템에 대한 근본적인 이해가 가능해진다.

"최고급 마스크팩을 만들기 위해서는 세계 최고급의 원단이 필요합니다."

변변찮은 모직 기술이 없는 대한민국에서 쉽게 해낼 수 없는 일이다.

이걸 가능하게 만들기 위해 미국 의류 공장 기술자들과 미국 SF 패션의 작업자들을 한국에 파견시켜 한국 직원들의 교육까지 시킬 계획이었다.

미국과 한국 공장을 서로 긴밀하게 연결시켜 시너지 효과를 극대화하려고 했다.

"한국에도 의류 공장을 만들려고 하는 겁니까?"

신판정이 놀란 목소리로 말했다.

차준후는 무척 주도면밀하지만, 때론 무모해 보일 정도로 대담하게 움직이기도 했다.

한마디로 추진력이 엄청났다.

"비단으로 된 마스크팩을 만들기 위해서는 한국만의 의류 공장이 필요합니다."

차준후는 비단 마스크팩을 한국의 수출 공산품으로 만들 계획이었다.

"비단이면 생사를 이야기하는 것이군요."

농촌에 가면 누에고치를 키우는 곳이 많았다.

뽕나무 잎을 먹고 자라는 누에가 누에고치를 수확하여 공장에 판매하고, 공장에서 고치를 켜서 생사를 만들어서 해외에 수출했다.

수출 품목 가운데 하나인 생사는 비단을 만드는 데 이용된다.

모든 걸 토해 낸 누에고치는 번데기가 되어서 사람들의 입으로도 들어간다.

국민간식이기도 한 번데기는 어른들의 술안주로도 사

랑을 받고 있다. 부족한 단백질을 채워 주는 소중한 음식이기도 했다.

모양새는 좀 그렇지만 말이다.

"생사로만 수출하면 헐값밖에 받지 못합니다. 마스크팩이나 의류로 가공하면 제대로 된 값을 받을 수 있을 겁니다."

생사의 수출 가격은 아주 박했다.

그래도 농촌에서 올릴 수 있는 괜찮은 수익 가운데 하나였기에 많은 사람들이 달라붙어서 땀을 뻘뻘 흘리며 일한다.

이런 헐값 수출을 차준후는 그냥 두고 볼 수 없었다.

가공품으로 만들어서 비싼 값을 받으며 수출하고, 그에 비례해서 생사에 대한 구매 가격을 단계적으로 높일 생각이었다.

"다른 공장에 맡길 수도 있을 텐데요."

신판정이 고개를 갸웃거렸다.

평소 가능한 협력 업체에 원자재를 주문하던 스카이 포레스트와 다른 행보였다.

스카이 포레스트는 국내에서 화장품 업종 외에는 직접 공장을 운영하지 않고 가능한 협력 업체에 일을 맡겼다. 그리고 한 발짝 떨어져서 추진하는 일을 관망하면서 사업의 방향을 조정해 왔다.

스카이 포레스트의 사업 정책 방식은 협력 업체들을 성장시키는 데 있어 크게 기여했다.

스카이 포레스트의 협력 업체들은 하나같이 엄청난 성장세를 기록하며, 회사를 반석 위에 올려놓기 시작했다.

엄청난 양의 주문을 하고 있는 스카이 포레스트가 있기 때문에 가능한 일이었다.

협력 업체들이 스카이 포레스트와의 거래가 끊어지지 않도록 매달리는 데에는 이런 이유가 컸다.

"그럴 수도 있지만 제 기준을 통과하는 공장이 없습니다."

"기준이라고요?"

"얼굴에 붙여야 하는 마스크팩 원단은 위생적인 환경에서 만들어야 합니다."

차준후는 의류 공장의 상황과 미래 발전을 누구보다 잘 알았다.

1960년대 한국 의류 공장의 노동 조건은 참혹하다는 말로도 부족했다.

어린 여성 노동자들이 환풍기도 없는 먼지 구덩이의 작업장에서 하루 14시간 이상 일하는 건 기본이고.

햇빛도 통하지 않은 어두운 작업장에서 밤늦게까지 고된 노동에 시달렸다.

코를 풀면 시커먼 콧물이 나오는 불결한 작업장에서 오

랜 시간 보내는 탓에 몸이 망가지기 일쑤였다.

이런 환경에서 위생적인 마스크팩 원단을 만든다는 건 불가능했다.

"공장 내 작업 환경이 심각하기는 하죠. 제가 재봉틀을 고치기 위해서 가 본 적이 있는 데, 먼지 때문에 기계를 고치는 내내 숨이 턱턱 막혔습니다."

"안타까운 현실이지요. 그 현실을 조금이나마 개선할 수 있으면 좋겠습니다."

차준후는 의류 산업에 대규모로 진출할 생각이었다.

의류 공장은 직원들을 많이 고용해야 하는 노동 집약형 산업으로 일자리가 부족한 대한민국에 어울리는 산업이다.

가발 산업과 의류 산업은 어려운 시절 한국의 경제를 떠받들있다.

향후에는 청계천 복개공사가 완공되면서 평화시장이 들어선다. 그곳에서 2만 명이 넘는 노동자들이 각종 의류를 쏟아 낸다.

1960년대 공업화 전략의 핵심은 섬유였고, 그중에서도 의류였다.

평화시장을 통해 많은 돈을 만지는 사업가들이 생겨나고, 대기업들은 평화시장에서 나오는 물건을 수출해서 큰돈을 벌었다.

이득을 보는 게 자본주의의 생리라고 하지만 열악한 노동 조건과 극단적인 저임금이 바탕이 된 것이다.

기술력과 원자재 품질이 떨어지는 한국에서 내세울 수 있는 건 저렴한 가격뿐이었다. 가장 싸게 내놓아야만 의류를 수출할 수 있었다.

최저가를 앞세워서 수출하는 건 결국 제 살 깎아 먹기였다.

차준후는 질 좋은 의류를 대량으로 생산하기 위해서는 최우선적으로 많은 설비가 필요하다고 생각하였고, 돈을 아끼지 않았다.

"여기 설비들을 모조리 뜯어 가서 한국에 설치하면 최고의 의류 공장이 될 겁니다."

"가장 싸게 수출하는 것이 아니라 질 좋은 제품을 제값 받고 수출해야만 합니다. 그것이 사업 성패와 기업 성장을 좌우하는 동시에 근로자들에게 제대로 된 월급과 복지 혜택을 줄 수 있는 길입니다."

차준후는 질 좋은 제품 생산이 대한민국 공업화의 핵심이라고 믿었다.

이런 사실을 사업가와 정치권에서도 알았지만 실현시키지 못했다.

막대한 자금과 기술력이 없었기 때문이었다.

그러나 차준후와 스카이 포레스트는 달랐다.

자금이 계속해서 샘물처럼 솟아나고 있었고, 기술력도 미국에서 습득하거나 배우는 게 가능했다.

"스카이 포레스트 공장에서는 환풍기도 없는 작업장에서 일하다가 골병이 드는 근로자들처럼 폐병이 드는 일은 없을 겁니다. 직원들의 월급과 복지 혜택을 높이면 후발주자들이 근로자들을 함부로 착취할 수는 없을 테고요."

고아로서 하수구처럼 밑바닥 삶을 살아 봤기 때문일까.

차준후는 SF 패션의 의류 공장을 대규모로 운영하면서 공업화 과정에서 근로자들이 피해 보는 걸 최대한 줄이고 싶었다.

"옆에서 보면서 항상 느끼고 있는 거지만 사장님은 직원들을 참으로 소중하게 챙기시네요."

신판정은 나이 어린 차준후를 보면서 항상 감탄했다.

나이를 떠나서 존경할 만한 인물이었다.

앞날을 내다보는 혜안을 가진 천재라는 면모보다 사람들을 따뜻하게 감싸는 인성을 더욱 높이 평가했다.

남들에게 지기 싫어하는 공격적이면서 강경한 태도로 불협화음을 일으키는 경쟁업체에 피해를 주기도 하지만 기본적으로 동료들과 직원들에게는 매우 부드러운 사업가였다.

"남 일이 아닌 것처럼 느껴지니까요."

비참한 근로자들의 삶은 차준후에게 무척 익숙한 일이었다.

직접 경험해 봤기에 마스크팩을 만든다는 구실로 겸사겸사 미국 공장의 설비들을 뜯어내 상선에 실어 잔뜩 한국으로 보낼 계획이었다.

오늘 하루에 돌아다닐 공장들이 많았다.

어렵고 힘든 길을 걸어가야 하는 1960년대 근로자들에게 희망을 주고 싶었다.

"조금씩 바꿔 나가 봅시다."

대한민국의 모든 근로자들을 모두 행복하게 만들지는 못하겠지만 변화의 씨앗을 심었으면 하는 바람이었다.

"미약하지만 저도 옆에서 돕겠습니다."

신판정은 차준후의 행보에 함께하고자 했다.

입이 떡 벌어지는 보수와 최신 장비와 신기술들을 접할 수 있다는 사실 때문에 처음에는 옆에 있었지만 이제는 높은 열정과 의지 때문에 홀린 듯 옆에서 머무르며 적극적으로 돕는 거였다.

어쩌면 차준후는 지금의 최빈국 대한민국을 구원할 수 있는 유일한 사람일지도 몰랐다.

대한민국도 선진국처럼 잘 살 수 있다고 차준후가 종종 말하고는 했다.

믿기 어려웠지만 이제는 아니었다.

차준후의 압도적인 행보를 지켜보고 있자면 그의 말처럼 대한민국이 선진국에 올라갈 것만 같았다.

"미약하다는 말씀은 하지 마세요. 기술고문께서 옆에 있어 줘서 얼마나 힘이 되는지 모릅니다."

차준후는 뛰어난 신판정의 능력을 십분 활용하고 있었다.

사업을 하면서 뼈저리게 알게 됐다.

주변 사람의 도움 없이는 어떤 사업도 성공을 거둘 수 없다는 사실을 말이다.

모든 걸 믿고 맡길 수 있는 뛰어난 인재들이 많이 필요했다.

미래에서 유행하는 책임 위임 방식으로 스카이 포레스트를 운용하며 유능한 인재를 빠르게 승진시켰고, 그에 맞는 월급과 복지 혜택 등을 안겨 줬다.

차준후는 능력을 중시하는 21세기 경영 방침을 1960년대에 연착륙시키려고 노력했다.

여러 부작용이 나오지만 뛰어난 인재들이 그런 문제를 최소화하고 있었다.

인재복이 있는 차준후였다.

* * *

로스앤젤레스는 쾌적하고 활동적이며 멋진 도시이다.

로스앤젤레스에서 최고급 호텔로 인정받고 있는 화려한 로안 글로리 호텔은 평소 조용하고 아늑함을 자랑했는데, 크리스마스이브인 오늘은 그런 세간의 평가와 전혀 다른 일이 벌어졌다.

　호텔이 평소보다 많은 사람들로 엄청나게 북적거리고 있었다.

"축제로구나."

"와아! 화장품을 판매하는 날인데, 이렇게 열기를 띨 줄은 몰랐어."

"엄청난 인기몰이를 하고 있는 스카이 포레스트의 화장품이잖아."

"로스앤젤레스가 사랑할 만한 최고급 명품 화장품 상점이 생긴 거야."

　라디오 스피커에서 흘러나오는 음악이 쿵쾅거리고 있었고, 길거리 한쪽에서는 젊은 여자들이 짧은 미니스커트를 입고 음악에 맞춰 춤을 췄다.

　이런 간이무대가 도처에서 펼쳐졌다.

　해변무대에서 길거리 캐스팅을 받아서 하루아침에 신데렐라로 떠오른 사만다 월치를 비롯한 파이브 핑거의 이야기는 유명해졌다.

　연예인을 꿈꾸고 있는 젊은 여인들이 격렬하게 춤을 추면서 사람들의 눈길을 모았다.

그녀들이 관심을 받고 싶어 하는 당사자는 차준후였다.

"오우! 엄마를 따라온 착한 어린아이군요. 여기 풍선을 받아요."

"고마워요, 광대 아저씨."

기다란 죽마를 탄 광대들이 어린아이들에게 풍선을 건네주기도 했다.

"팝콘 있어요. 맛있는 아이스크림, 시원한 코크 팝니다."

옆구리에 아이스박스를 맨 사람들이 목소리를 높였다.

며칠 밤낮을 줄 서 있는 사람들이 먹거리를 잔뜩 구매했고, 장사가 잘된다는 소식을 듣고 길거리 잡상인들이 잔뜩 몰려들었다.

"코크 두 개 주세요."

"감사합니다."

"여기 팝콘이요."

"맛있게 드세요."

로안 글로리 호텔 주변이 마치 시장바닥처럼 시끌시끌했다.

평소라면 호텔 직원들이 나와서 잡상인들을 쫓아냈겠지만 오늘은 특별했기에 혼잡해지지 않도록 관리만 하고 있었다.

"거기 차도로 나가지 마세요."

"줄을 지켜 주셔야 합니다."

스카이 포레스트와 로안 글로리 호텔은 많은 알바들까지 동원해서 질서를 유지하기 위해 노력했다.

LA 경찰 차량들이 차도 곳곳에 배치되어 있었고, 경찰들이 돌아다녔다.

이런 노력 덕분인지 수많은 인파로 호텔과 인도가 북적거렸지만 혼잡스럽지 않고 질서정연해 보였다.

"와! 저기 봐. 그레이스가 왔어."

"사만다도 보인다."

"어라! LA 시장인 슈티엔스가 왔네."

"저 사람은 주말드라마에 나오는 남자 주인공이잖아."

가수들과 연예인, LA 시장 등 유명 정치인들이 속속 호텔 입구에 정차한 차량에서 내렸다.

스카이 포레스트 직영점 오픈 행사에 참여한 귀빈들이었다.

"엉덩이 무거운 정치인들이 움직이는 걸 보니까, 스카이 포레스트가 대단하다는 걸 알겠다."

"스카이 포레스트 사장에게 눈도장 찍기 위해서 와야지."

사람들이 호기심 넘치는 얼굴로 시끄럽고 활기 넘치는 인도에서 유명 인사들을 바라보며 즐겼다.

"동양에서 온 젊은 사장은 세상을 바라보는 시선이 참

으로 독특하네. 직영점을 오픈하는데 마치 축제처럼 일을 벌였어."

"무슨 일을 하건 강렬한 재미를 줘서 좋다."

"굉장히 튀는 천재야. 하는 일들마다 좋은 쪽으로 눈에 팍팍 띄어."

"단순히 이익만 고려하지 않고 사람들의 공감을 일으키는 모습이 사랑스러워."

스카이 포레스트는 고객들을 향해 접근하는 것이 아니라 오히려 고객이 다가오도록 친화적인 정책을 펼쳤다. 그러면서 거대한 도시 로스앤젤레스에서 강렬한 존재감을 내비쳤다.

컨슈머 리포트

오전 9시.
드디어 포레스트 직영점이 정식으로 영업을 시작했다.
"여기 꽃 받아 가세요."
화려하면서 아름다운 아치형 문 양쪽에는 꽃바구니를 든 직원들이 손님들에게 꽃가지 하나를 건넸다.
"꽃을 왜 주시는 건가요?"
"정원에 들어서는 고객님들께 드리는 선물입니다."
꽃가지를 손에 든 고객들이 기분 좋게 매장으로 들어섰다.
"와! 매장 한가운데에 나무가 있어."
"이런 상점은 처음이다. 마치 정원에 들어선 느낌이야."
"화장품을 구매하러 온 게 아니라 야외로 꽃구경을 나

온 것 같아."

"아름답다."

사람들이 눈에 가득 들어오는 지금껏 경험해 보지 못한 색다른 인테리어를 즐겼다.

호평이 이어졌다.

보자마자 아름다운 정원이라는 느낌을 주기 위해 인테리어에 적지 않은 돈을 쏟아부었는데, 그것이 하나도 아깝지 않게 됐다.

"한정판들을 보여 주세요."

"여기 있습니다."

"화장품 용기가 정말 세련되게 나왔네. 이것들 모두 구매할 수 있나요?"

"죄송합니다. 한정판은 한 개만 구매가 가능합니다."

"어떤 걸 구매할지 고민되네."

며칠 밤낮을 줄 선 끝에 가장 먼저 매장에 들어선 고객들이 어떤 한정판을 살지 즐거운 고민에 빠졌다.

한쪽에서 직영점 안의 분위기를 살피는 사람들이 있었다.

바로 차준후와 비서실장 실비아 디온이었다.

뛰어난 능력을 연일 보여 주고 있는 실비아 디온은 비서에서 비서실장으로 파격적인 승진을 이뤘다.

비서실장으로 올라서면서 일이 많아졌지만 빠르면서도

실수 한 번 하지 않고 일들을 척척 처리하는 대단한 솜씨를 드러냈다.

덕분에 차준후가 회사에서 다소 여유롭게 지낼 수 있게 됐다.

"성공을 축하드려요, 대표님."

"이제부터 시작인 거죠. 다른 판매점들 분위기는 어떻습니까?"

성업을 이루고 있는 매장 분위기에 미소를 짓는 차준후가 물었다.

"직영점보다 한 시간 늦게 판매를 시작하는 백화점과 대형마트들에도 줄이 길게 늘어서 있다고 하네요. 모든 판매점에서 사람들이 줄어들지 않고 계속 늘어난다고 보고받았어요."

"분위기가 좋군요."

스카이 포레스트의 화장품을 사기 위한 줄이 미국 전역에서 길게 이어지고 있었다.

대한민국에서 벌어졌던 오픈런 현상이 미국에서 제대로 일어났다.

"대표님께서 모두 이뤄 내신 거죠."

"제가 아니라, 모두가 함께 해낸 겁니다."

"그래도 대표님의 공이 가장 크다는 걸 부정할 수는 없어요. 스스로를 칭찬해 주고 싶을 만큼 제가 스카이 포레스트에 취직한 건 정말 잘 한 선택이었어요. 대표님을 만나서 즐겁게 많은 걸 배우고 있어요."

"오늘은 뭐를 배웠습니까?"

차준후는 통통 튀기면서 독특한 분위기를 풍기는 실비아 디온의 배움이 궁금했다.

"일단 유명해져라! 유명해져서 다른 기업이 할 수 없거나 하지 않은 일을 하면 쉽게 성공할 수 있다."

차준후를 바라보는 그녀의 눈빛이 초롱초롱했다.

그녀는 차준후와 스카이 포레스트의 행보를 면밀하게 분석하고 있었고, 이번 사업의 성공을 다각도로 파헤쳤다.

그 결과를 방금 전 두 문장으로 함축시켰다.

"흠! 그렇게 볼 수도 있군요."

차준후가 고개를 끄덕거리면서 이해했다.

노이즈 마케팅으로 유명해진 다음 스카이 포레스트를 부각시킨 게 맞았다.

사회 전반에 난리법석이 일어난 덕분에 사람들의 관심을 잔뜩 끌어모아 화장품 판매를 용이하게 만들었다.

"시간이 걸리더라도 스카이 포레스트와 대표님은 성공하셨을 거예요."

"실패하면 이상한 일입니다."

차준후는 실패를 염두에 두지 않았다.

잠시 낭패를 당할 수는 있어도 결국 성공할 수 있다는 확신을 가졌다.

"역시 대표님의 머릿속에는 실패라는 생각은 없었네요."

대답하지 않는 차준후가 어깨를 으쓱거렸다.

"역시 형씨도 화장품을 사러 왔군."

직영점에 들어선 몇 사람이 차준후에게 아는 체를 하며 다가왔다.

길거리에서 말을 걸었던 중년남자를 비롯한 네 명의 남자들이었다.

그때였다.

직원 한 명이 차준후를 불렀다.

"대표님."

"무슨 일이시죠?"

"행사장에서 토니 상무님께서 급하게 사장님을 찾고 있어요."

"여기 이 고객님들 편의를 봐주시겠어요? 원하시는 화장품이 있으면 한정판을 제외하고 하나씩 내어드리세요. 제가 이분들께 드리는 선물입니다."

"알겠습니다. 제가 안내하겠습니다."

"직접 안내해 드리면 좋겠는데, 저를 찾는 사람들이 있네요."

차준후가 웃으며 양해를 부탁했다.

"가 보세요. 저희는 천천히 구경을 해도 괜찮습니다."

중년남자의 말투가 존대로 바뀌었다.

그냥 평범한 젊은이라고 생각했는데, 알고 보니 스카이 포레스트 대표인 차준후였다.

"그럼 좋은 시간 보내세요."

차준후가 가볍게 인사하고서 실비아 디온과 함께 사라졌다.

"저분이 스카이 포레스트 대표님?"

"맞아요. 어떻게 아시는 사이인가요?"

"길거리에서 만난 게 전부입니다."

"운이 좋으시네요. 직원들도 쉽게 만나지 못하는 대표님이세요."

"길거리에서 천재와 우연히 마주쳐서 대화를 나눴더니, 비싼 화장품이 하나 뚝 하고 떨어지네."

사내들이 웃으며 차준후와 만났다는 사실을 즐거워했다.

* * *

차준후가 실비아 디온과 함께 직영점 오픈 행사장으로 들어섰다.

호텔 대강당을 빌려 치러지고 있는 행사장에는 음료와

다과들이 뷔페식으로 차려져 있었고, 한쪽에서는 악단이 클래식을 연주하고 있었다.

　클래식 음악이 흐르고 있는 행사장은 호화로운 무도회 분위기를 물씬 풍겼다.

　오픈 행사는 토니 크로스가 주도적으로 맡아서 진행하며, 주최자로서 찾아오는 귀빈들을 상대하고 있었다.

　그렇지만 행사장에 오는 사람들 대다수는 토니 크로스가 아닌 대표인 차준후를 만나고 싶어 했다.

　"작곡가님!"

　그레이스가 다가왔다.

　가슴을 드러낸 튜브형의 드레스를 입고서 청초한 매력을 뽐냈다. 머리에서 발끝까지 치장을 아름다운 모습에 사람들의 시선을 잔뜩 받고 있었다.

　"그레이스! 아름다우시네요."

　차준후의 입에서 절로 칭찬이 나올 정도로 그레이스의 매력은 엄청났다.

　숨 막힐 정도로 치명적인 아름다움이었다.

　"호호호! 고마워요. 신경을 쓴 보람이 있네요."

　그녀는 아름답게 보이기 위해 무려 네 시간 이상 치장과 메이크업을 했다.

　많은 시간으로 인해 고생을 했지만 아름답다는 이야기를 듣자, 그런 고생은 눈 녹듯이 사라져 버렸다.

방금 전까지 지루하면서 재미없던 행사가 차준후의 등장과 함께 즐겁게 바뀌었다.

"대표님, 광고를 찍은 이후로 처음 뵙네요."

금발 머리카락을 찰랑거리며 다가온 사만다 윌치가 반가워했다.

앳된 기색이 많이 사라지고 세련된 분위기를 물씬 풍겼다.

하루아침에 광고로 뜨고 난 뒤 참으로 많이 바뀌었다.

차준후와 만나기 전까지만 해도 이처럼 크게 성공할지 꿈에도 몰랐었다.

"오랜만이네요. 요즘 찾는 곳이 많아서 많이 바쁘다고 들었습니다."

"대표님보다 바쁘지는 않아요."

사만다 윌치가 입술을 삐죽 내밀었다.

"광고에 나왔던 분이죠? 정말 매력적이시네요."

"사랑하는 그대와 함께 노래를 부르신다고 들었어요. 이번에는 정말 빌보드 1위에 올라서실 테니까, 미리 축하드려요."

"고마워요. 여주인공을 맡은 샤인 드라마도 시청률이 잘 나올 거예요."

"톱스타 그레이스가 OST를 불러 준다는 참여 소식 때문에 많은 관심을 받고 있으니까요."

"노래보다는 여주인공이 더 중요하죠."

그레이스와 사만다 월치가 훈훈하게 대화를 이어 나갔지만 서로를 바라보는 눈빛이 예사롭지 않았다.

보자마자 차준후에 대한 호감을 가지고 있다는 걸 서로 알아차렸기 때문이었다.

두 사람이 은근히 신경전을 벌였다.

"상무님과 함께하고 있는 저기 중년 남자가 LA 시장인 슈티엔스입니다. 다음에 캘리포니아 주지사 선거에 나간다는 이야기가 있습니다. 주변에 있는 다른 사람들은 상원의원과 하원의원들이고요."

실비아 디온이 토니 크로스와 대화하는 사람들에 대해 차준후에게 알려 줬다.

"정치인들과의 만남은 정말 싫은데요."

차준후가 행사장을 토니 크로스에게 맡긴 이유 가운데 하나였다.

"정치인들의 눈에 스카이 포레스트와 대표님이 꽤나 탐스러워 보이니 피하신다고 해서 능사가 아니죠. 오히려 적극적으로 이용하고 아군으로 만들어 두면 좋을 겁니다."

실비아 디온이 말하면서 눈앞의 아름다운 두 여인을 슬쩍 훑었다.

아름다운 꽃에 벌들이 꼬이듯이 잘생긴 천재에게 여인

들이 몰려들고 있었다.

 자연스러운 현상이었지만 가만히 지켜보자니 왠지 기분이 좋지 않았다.

 정치인들에게 둘러싸여 있던 토니 크로스가 차준후를 발견하고 도와 달라는 눈빛을 마구 보냈다.

"갔다 와야겠네요."

 차준후가 여인들에게 양해를 구한 뒤에 비서실장과 함께 토니 크로스에게 다가갔다. 싫어하는 기색을 내비치지 않고 적당히 사교적인 자세로 정치인들을 대했다.

"요즘 로스앤젤레스에서 가장 핫한 사업가를 드디어 만날 수 있게 됐네요. 반갑습니다."

 슈티엔스 시장이 차준후를 크게 반겼다.

 눈에 넣어도 아프지 않을 존재가 바로 눈앞의 차준후였다.

 도시에 막대한 세수를 안겨주는 동시에 많은 근로자들을 동급 업종 최고의 대우로 고용해 주고 있었기 때문에 덩달아 슈티엔스 시장의 인기까지 높아졌다.

 대단한 기업 스카이 포레스트를 시장이 직접 유치했다는 헛소문까지 돌았다.

 캘리포니아 주지사를 노리고 있는 슈티엔스 시장에게 있어 차준후는 그야말로 천사와도 같았다.

"만나서 반갑습니다, 시장님. 스카이 포레스트의 차준

후입니다."

"도와드릴 일이 있으면 아무런 부담감을 가지지 말고 편하게 연락을 주십시오. 밤늦게라도 괜찮습니다."

"알겠습니다."

차준후는 알고 있었다.

정치인에게는 굉장히 조심스럽게 접근해야 한다는 사실을 말이다.

잘못하면 폭발하는 지뢰를 밟는 일이 되기도 하기에.

"말일에 자선 모금 파티를 이곳 호텔에서 여는데, 그 자리에 대표님이 참석해 주시면 영광이겠습니다. 여러 계층의 귀빈들이 참석할 예정으로 대표님에게도 좋은 만남의 장이 될 겁니다."

초대장을 보냈지만 아무런 연락을 받지 못한 슈티엔스 시장이었다.

그는 공식적인 자리에 차준후를 참석시키면 여러 모로 유리한 상황을 이끌어 낼 수 있었다.

"죄송합니다만 참석이 어렵겠군요. 말일 전에 고국으로 돌아갈 예정입니다."

차준후는 정치권과 긴밀하게 엮이고 싶지 않았다.

로스앤젤레스의 시장이면서 차기 캘리포니아 주지사로 거론까지 되는 거물 정치인과 가깝게 지내면 분명히 여러 혜택을 볼 수 있는 게 사실이다.

좋은 일이 있으면 항상 나쁜 일이 따라오기 마련인 법.

슈티엔스 시장과 가깝게 지내면 반대 진영의 정치인을 비롯한 사람들이 어떻게 반응할 지가 문제였다.

사실 정치권은 무척 좁은 동네이다.

"아! 아쉽네요."

슈티엔스의 얼굴에서 진한 아쉬움이 흘러나왔다.

"저 역시 아쉽습니다."

말과는 달리 차준후는 전혀 아쉽지 않았다.

정치권과 멀리하는 게 정답인지 아닌지는 몰랐다.

다만 정답 여부를 모른다고 해도 압도적으로 잘나가면서 성공하는 게 가능했다.

그걸 미국으로 와서 한 달도 안 되어서 직접 증명하였다.

그래서 정치인들을 비롯한 많은 사람들이 차준후를 아군으로 끌어들이려고 하는 것이었고.

차준후는 자신이 나아가고자 하는 길을 묵묵히 가고 싶을 뿐이었다.

웃으며 사람들과 대화하고 있는 도도한 차준후가 어느 각도에서 보더라도 비범해 보였다.

"여기저기 찾는 사람들이 많네요."

"그러게요. 오랜만에 만났는데 잠깐 대화를 나누기도 힘들어 보여요."

"특유의 오묘한 매력 때문에 사람들이 가만두지 않는 거죠."

"한 번 빠져들면 헤어 나오기 힘들어요."

그레이스의 말에 사만다 월치가 동의했다.

사람들이 차준후와 어떻게든 한 마디라도 하려고 움직이고 있었다.

행사장에서 가장 빛나고 있는 사람은 단연코 차준후였다.

누구보다 잘 나가고 있는 차준후와 앞으로도 좋은 관계를 계속 이어 가고 싶은 두 여인이었다.

아름답게 꾸미고 온 데에는 차준후에게 잘 보이고 싶기 때문이었다.

그런데 정작 당사자는 멀리 떨어져서 정치인들과 이야기 나누기 바빴다.

"요즘 만나기 너무 힘드네요."

"그레이스도 그런가요? 저만 못 만나는 건 아니네요."

두 사람은 확신하지는 못 하지만 은연중에 차준후가 자신들과 거리를 두려고 하는 걸 느꼈다.

작곡과 드라마, 영화 제작 등에 가능한 개입하지 않으려 하는 차준후의 행보가 그녀들에게 오해를 불러일으켰다.

"고국으로 돌아간다는 소문은 들었나요?"

"공항에 아는 사람이 있어서 확인해봤더니 비행기표를 예매했더라고요."

"진짜 가는구나. 그러면 앞으로 만나기 더 힘들어지겠다."
"만나야 할 일이 있으면 한국으로 날아가야죠."
"작곡가님을 어떻게 만났는지 이야기해 주실 수 있나요?"
"해 드릴게요. 대신 그레이스도 대표님과 있었던 일들을 말해 주세요."
"그럴게요."

두 여인이 신경전을 펼치기보다 공통 관심사인 차준후에 대해 더 심층적으로 알 수 있는 시간을 가지기로 합의했다.

"대표님을 해변에서 처음 만났는데요. 그때는 대단한 천재라는 걸 알아보지 못하고 저를 꼬시려는 남자라고만 생각했었죠."
"호호호! 작곡가님이 그랬으면 정말 재밌었겠네요."
"동감이에요. 돌이켜 생각해 보니 그랬으면 좋았다는 생각이 들더라고요."
"글쎄요. 작곡가님은 엄청 시크해서 그럴 가능성이 많이 없기는 해 보여요."
"맞아요. 너무 시크해서 문제라고요."

차준후에 대한 이야기를 나누면서 두 미녀가 미소를 짓고 있었다.

* * *

 화장품에 대한 미국 잡지들의 평가는 꽤나 상세하고 철저했으며, 때로는 독설도 서슴지 않고 날릴 정도로 혹독했다.
 캘리포니아 월간지 중에서 최대 발행 부수를 자랑하는 〈뷰티 트렌드〉는 1960년 12월호에서 SF-NO.1 밀크와 쿠션에 대해서 집중적으로 다뤘다.
 화장품을 집중적으로 다루는 부서에서 SF-NO.1 밀크와 쿠션을 분석하고 논하는 기사를 무려 11페이지에 걸쳐서 실었다.

「여성들을 위한 진정한 화장품」
「눈을 뗄 수가 없다. 이건 꼭 사야만 하는 화장품들이다.」
「20달러도 저렴하다. SF-NO.1 밀크는 매우 좋고, 성능이 뛰어나다.」
「여성들의 아름다움을 오래 유지하게 만들어 주는 마법의 화장품이 등장했다.」

 뷰티 트렌드에서 SF-NO.1 밀크에 대해 극찬을 내놓았다.

잡지를 구독하고 있는 사람들 대부분은 여성이었고, 그녀들은 화장품들에 대한 관심이 많았다.

「쿠션은 저렴하면서도 혁신적인 화장품이다.」
「파운데이션의 대중화를 불러올 쿠션」
「아주 편리하다. 이제 분가루가 날릴 걱정은 하지 않아도 된다.」
「구매해라. 그럼 왜 극찬하는지를 알게 된다.」

뷰티 트렌드에서 화장품을 왜 구매해야 하는지 구독자들을 상대로 자세하게 분석해 놓았다.
극찬을 나타내는 수식어들이 잔뜩 들어가 있었다.
그리고 이런 극찬은 뷰티 트렌드뿐만이 아니었다.
미국에서 혹평을 가장 잘한다고 인정받는 잡지들 가운데 한 곳인 소비자연맹이 발간하는 〈컨슈머 리포트〉 역시 찬사를 쏟아 냈다.

* * *

100만 명의 구독자를 거느리고 있는 컨슈머 리포트는 1936년 설립됐다.
제품 테스트, 조사 저널리즘, 소비자 지향 연구, 소비자 옹호에 전념하는 미국의 비영리 소비자 조직이다.
　자체 테스트 실험실을 운영하며, 조사 및 연구 센터의 보고 및 결과를 기반으로 제품을 평가한다.
　소비자의 시각으로만 제품을 평가하기에 소비자들과 기업들은 컨슈머 리포트의 평가에 촉각을 곤두세우는 편이다.

「SF-NO.1 밀크는 다른 제품에 비해 탁월한 화장품이다. 사람에 따라 차이는 있지만 안티 에이징 효과를 발견했다. 총 10명의 실험자를 대상으로 SF-NO.1 밀크를 바르고 연구했는데, 최저 2%의 주름 개선 효과를 보았다. 최고는 무려 7%의 효과를 보았는데, 어느 정도까지 효과기 이어질지는 아직 연구 중이다. 부작용이 없다는 전제 아래, 소비자연맹의 의견으로는 사치스리올 정도로 비싼 가격이지만 값어치를 한다고 판단된다.」

　SF-NO.1 밀크를 실험한 컨슈머 리포트에서 극찬을 내놓으면서, 구매해야 할 화장품에서 가장 높은 위치에 올려 버렸다.
　컨슈머 리포트는 미국 여성들의 관심을 크게 받고 있는 SF-NO.1 밀크를 정식출시되기 전부터 조사해 왔다.
　그렇기에 스카이 포레스트 직영점이 열리고 난 뒤 곧바

로 잡지를 내놓을 수 있었다.

컨슈머 리포트에서는 미국에서 열풍을 일으키고 있는 쿠션에 대해서도 조사에 착수했다.

"나에게는 어느 정도 주름 개선이 될까?"

"사용해 보면 알게 되겠지."

"이왕이면 7% 이상의 최대 효과를 보면 좋겠다."

"구매해서 발라 보자."

미국 전역에서 컨슈머 리포트를 읽은 구독자들이 스카이 포레스트의 SF-NO.1 밀크에 대한 신뢰도를 가지게 됐다.

그런데 극찬이라고 생각한 컨슈머 리포트는 스카이 포레스트를 공격하는 빌미를 제공하게 됐다.

모든 미국인과 기업, 단체들이 스카이 포레스트의 성공을 환영하는 건 아니었다.

"컨슈머 리포트에서 부작용이 있을 수 있다고 강력하게 경고했습니다."

정장을 깔끔하게 차려입은 중년 여성이 기자들을 모아 놓고서 인터뷰를 하고 있었다.

"얼굴에 부작용이 일어나만 얼마나 심각한 문제가 될까요? 시판 허가를 내준 과정에 문제가 없는지 면밀하게 들여다봐야 합니다!"

전 FDA 임상 실험 부서의 부장이었던 레이나가 얼굴

을 붉혀 가면서 성토했다.

 FDA에서 가장 많은 인원을 가진 임상 실험 부서의 책임자를 맡았던 여인의 말에는 설득력이 있었다.

 그녀는 FDA에서 나온 뒤 현명한 녹색소비자 단체를 창설해서 각종 문제를 적극적으로 제기하는 걸로 유명했다.

 임상 실험 부서에서 일했던 전문적인 지식을 바탕으로 기업들의 민감하면서 예민한 문제를 적나라하게 파헤쳤다.

 이런 일이 언론을 타게 되면서 그녀는 전국적인 인지도를 일궈냈다.

 현명한 녹색소비자의 일에 많은 사람들이 참여했고, 짧은 시간 안에 10만 명이 약간 넘는 결코 무시할 수 없는 단체로 성장했다.

 이번에 그녀가 타깃으로 삼은 건 바로 스카이 포레스트였다.

 - 인터뷰 내용은 잘 봤습니다.

 "말한 대로 스카이 포레스트를 물어뜯었어요."

 - 지금처럼 계속해 주시면 됩니다.

 "약속한 후원금은요?"

 - 걱정하지 마세요. 오늘 사람을 시켜 보내드리겠습니다.

 "번거롭게 그럴 필요 없이 은행 계좌로 넣어 주시면 되잖아요?

- 후원금이기는 하지만 혹시라도 문제가 생길 수도 있으니까요. 조심해서 나쁠 게 없죠.

"알았어요."

그녀가 논란이 되는 인터뷰를 한 이유는 후원금, 아니 후원금을 가장한 보수 때문이었다.

미국에는 혁신주의의 바람이 거세게 불고 있었고, 개인과 기업의 탐욕, 독과점 등에 대한 비판이 증대하는 추세였다.

소비자 단체는 기업들을 비판하는 데 있어 다른 곳들에 비해 자유로웠다.

기능성 화장품이라는 독점적 상품을 판매하고 있는 스카이 포레스트 역시 이런 비판을 피해 갈 수 없었다.

외국에서 들어와 미국에서 급성장한 스카이 포레스트에 불편한 시선을 보내고 있는 세력이 상당했다.

현명한 녹색소비자 단체를 주축으로 한 소비자 단체의 움직임에 일부 화장품 기업이 합세해서 스카이 포레스트 미국법인에 소송을 제기했다.

〈SF-NO.1 밀크는 화장품이 아닌 의약품이다.〉

〈스카이 포레스트에서는 뛰어난 주름 개선 효과가 있다고 홍보하고 있다. 이는 SF-NO.1 밀크가 의약품이라

는 명백한 증거다.〉

〈부작용이 있을 수 있다.〉

〈FDA 승인 과정에 문제가 없는지 살펴봐야 한다.〉

재판에서 의약품 여부와 부작용 등 각종 문제를 따져 보자는 소송이었다.

소송을 제기한 단체에서는 주름 개선 효과가 있기 때문에 약품이라고 주장했다.

스카이 포레스트의 SF-NO.1 밀크에 대한 질투심에 휩싸인 화장품 업체들이 현명한 녹색소비자 단체를 앞세워 주도적으로 진행하는 소송이었다.

황색언론들이 원시적 본능을 자극하는 흥미 위주의 자극적인 기사를 내보냈다. 이런 기사들을 다시금 저명한 언론매체들이 인용했다.

"소송을 제기하다니, 미쳤나 봐. 난 밀크가 정말 마음에 들어."

"의약품 성격을 가지고 있는 건 사실이잖아?"

"이건 누가 뭐라고 해도 화장품이야."

"화장품을 약국에서 사는 날이 올지도 모르겠네."

소송 이야기로 미국이 끓어올랐다.

전체적인 여론은 스카이 포레스트에 유리했지만 소수는 의약품 여부를 면밀하게 따져 봐야 한다고 이야기했다.

정말로 주름 개선 효과가 확인됐고, 의약품으로서의 성격이 워낙 강했기 때문이다.

법원에서 소송을 받아들이면 배심원들은 SF-NO.1 밀크의 효능과 성격을 봐서 의약품인지 화장품인지 판단해야만 했다.

재판까지 가서 의약품으로 지정되면 스카이 포레스트의 앞날에 먹구름이 드리울 수도 있었다.

너무 잘 나가다 보니 방해하는 세력이 암초처럼 등장하고 말았다.

이것으로 끝이 아니었다.

소송을 건 단체는 레이나를 앞세워서 화장품 표시 광고법 위반 혐의로 스카이 포레스트를 경찰에 고발했다.

〈스카이 포레스트는 소비자를 속이고 있다.〉
〈SF-NO.1 밀크를 홍보하면서 부작용이 있을 수 있다는 걸 감추고 주름을 개선한다며 광고하고 있다. 이는 화장품 표시 광고법을 위반하는 것이다.〉

고발장이 접수됨에 따라 LA 경찰서는 수사에 착수할 수밖에 없었다.

스카이 포레스트를 미국인 모두가 좋은 시각으로 보는 건 아니었다.

압도적으로 나아가고 있는 기업과 천재 차준후에 대한 시기와 질투심 등이 상당했다.
그것이 소송과 고발장으로 인해 터져 나왔다.
크게 환호하는 사람들 때문에 조용히 있던 세력들이 한꺼번에 불만을 토해 냈다.

〈아시아에서 온 기업이 미국법을 위반하고 있다!〉
〈천재가 아니라 범죄자다!〉
〈로마에 가면 로마법을 따르듯, 미국에서는 미국의 법을 지키며 사업을 해야 한다!〉

스카이 포레스트는 화장품 표시광고법을 위반한 혐의를 받으며 다시 한번 대중의 뜨거운 관심을 받게 됐다.

〔고발된 건에 관련, 전문가들의 자문을 받아 법률 위반 소지가 있는지 살펴보겠다.〕

결국 경찰이 수사에 착수했다.
스카이 포레스트에 좋지 않은 소식이었다.
악재였다.
해석하기에 따라 허위 과장 광고로 볼 수도 있겠지만 이는 명백한 억지였다.

FDA를 통과할 때 주름 개선 효과에 대한 인증을 받았기 때문이었다.

대한민국 경성대학 병원에서 화장품을 사용한 수많은 사람들을 대상으로 심층적인 조사를 했고, 충분히 모은 사례를 바탕으로 SF-NO.1 밀크에 대한 보고서를 완성했다.

그 보고서를 FDA가 인정하고 받아들였다.

"나라 이름도 생소한 최빈국에서 한 임상 실험을 어떻게 인정할 수가 있나요? SF-NO.1 밀크의 FDA 승인 과정에는 문제의 소지가 다분합니다."

연일 여러 언론매체와 인터뷰를 하고 있는 레이나는 스카이 포레스트의 서류 자체를 불신해 버렸다.

"만약 제가 임상부서를 책임지고 있었다면 문제가 없는지 조금 더 면밀하게 살펴봤을 겁니다."

공격 강도를 극렬하게 높였다.

이건 아예 작정하고 비난하는 것이었다.

시장에서 매출이 급감한 업체들의 사주를 받아 스카이 포레스트를 물어뜯었다.

스카이 포레스트의 약점을 집요하게 물어뜯으며 공격할수록 후원금이 많이 들어왔기에 그녀는 폭주 기관차처럼 멈추지 않았다.

판매 중단

〈스카이 포레스트에서는 주름 개선 효과의 원리를 공개해야 한다.〉
〈차준후 대표가 나와서 밝혀라.〉
〈SF—NO.1 밀크를 환불하겠다. 얼굴에 바르고 난 뒤 홍조가 생기고, 여드름과 기미까지 늘어났다.〉
〈부작용이 있는 화장품은 사용을 거부한다.〉

스카이 포레스트를 공격하는 인터뷰와 뉴스 등이 끊임없이 튀어나왔다.
얼마 전까지만 해도 스카이 포레스트를 찬양하던 언론들이 등을 돌려 버렸다.
언론은 양날의 검이었다.

유리하게 이용할 수 있었지만 반대로 불리하게 흘러갈 수도 있었다.

이번에는 스카이 포레스트를 적대하는 진영이 유리한 위치에서 언론을 장악해 버렸다.

스카이 포레스트와 차준후에게 인터뷰 요청이 홍수처럼 쏟아졌다.

불온한 공격을 받고 있는 차준후는 기분이 아주 불쾌했다. 평온하게 살고 싶었지만 자꾸 심기를 불편하게 만드는 사람들이 있었다.

"대표님, 법무법인을 알아볼까요?"

"아니요. 법적으로 대처해도 그다지 효과는 없을 겁니다. 시간도 오래 걸리고요."

"일찍 대응할 걸 그랬나 봐요."

"작심하고 물어뜯으려고 하는 상대입니다. 어차피 시끄러워졌을 겁니다."

임원 회의가 벌어지고 있었다.

차준후 대표, 토니 크로스 상무, 비서실장 실비아 디온이 모여서 이번 사태를 논의했다.

"소비자 단체를 중심으로 계속 문제를 삼고 있어서 대처가 약간 어려운 면이 있습니다. 소송으로 가는 건 최악이고요."

약점을 집요하게 파고들어 공격하는 상대에 비해 방어

하는 측은 불리할 수밖에 없었다.

이긴다고 해도 상처뿐인 영광으로 남는다면?

최악이 아닌 차악일 뿐이다.

"기존의 화장품 업체들이 뒤에 있는 게 분명해요. 비열한 짓을 벌이고 있는 거죠. 혼내 주고 싶어요. 우리도 소비자 단체를 앞세워서 저들을 공격해요."

토니 크로스의 말에 실비아 디온이 씩씩거렸다.

"그건 상대가 바라는 행동일 수도 있어요."

차준후가 반대했다.

단순하게 진영을 나눠서 부딪친다고 불리한 측면을 우세로 전환시킬 수 있을까?

확신할 수 없었다.

황색언론을 비롯한 언론 매체들은 스카이 포레스트를 물어뜯는 기사를 신바람 내면서 보도하고 있었다.

언론 매체와 이번 사태를 재밌어하는 사람들에게 이제 어느 쪽이 옳고 그르냐는 중요하지 않을지도 몰랐다.

"그럼 어떻게 해요?"

뾰족한 대책이 없어 보였기에 실비아 디온이 발을 동동 굴렸다.

억울해서 눈물이 날 것만 같았다.

"논란은 더 큰 논란으로 덮으면 됩니다."

차준후가 해결책을 내놓았다.

"네?"

실바아 디온의 눈에서 눈물이 쏙 들어갔다.

"무슨 짓을 하려는 겁니까?"

토니 크로스의 눈동자가 요란하게 흔들리고 있었다.

"방송에 출연해야겠네요. 뷰티 월드에 특집 방송 편성이 가능한지 문의해 주세요."

차준후가 서늘하게 웃으며 이야기했다.

"바로 알아볼게요."

실비아 디온이 환하게 웃고 있는 반면 토니 크로스는 뭔가 모르지만 큰 게 온다고 느꼈다.

뒷골이 뻐근해졌다.

평소 주도면밀한 대표가 대책 없이 본능적으로 움직일 때도 있다는 걸 알게 됐기 때문이었다.

"극단적으로 나가시지 말고 수위를 조금만 낮춰 주세요."

사건은 차준후가 치더라도 일 처리는 실무책임자인 그가 도맡아야 했다.

"이성적으로 처리하겠습니다."

"어떻게 하실 생각이십니까?"

"저희가 공격하기 힘드니 다른 사람들이 물어뜯게 만들어야죠."

토니 크로스는 웃고 있는 대표가 거하게 사고를 칠 것만 같아서 몹시 불안했다.

"생각이 깊으신 대표님이시잖아요. 틀림없이 제대로 된 해결책을 내놓을 거예요. 토니 상무님, 너무 걱정하지 마세요."

"너무 화끈하게 해결할 것 같아서 걱정입니다."

"그걸 왜 걱정하나요? 적들을 인정사정 보지 말고 아작 내야죠."

"괜한 생각일지 모르겠는데, 아주 큰 사태가 터질 것 같습니다. 상대가 불쌍해 보일 정도로요."

"좋은 거 아닌가요?"

"사실 상대가 어떻게 되든 크게 상관은 없는데, 일에 치여서 죽겠습니다. 여기서 일이 더 많아지면 큰일이라고요."

앓는 소리를 내뱉은 토니 크로스가 고개를 돌려 차준후를 살폈다.

세 사람 가운데 가장 많은 일을 하는 사람이 바로 토니 크로스였다.

회사의 대다수 일거리를 떠넘긴 차준후는 싸늘한 얼굴을 한 채 여전히 웃고 있었다.

세 사람이 각기 다른 표정으로 회의를 마쳤다.

* * *

CBC 방송국, 뷰티 월드 스튜디오가 특집 생방송으로

인해 바쁘게 돌아갔다.

"저번에 프로그램 사상 최고 시청률을 찍었는데, 오늘은 더 높겠지?"

"화제를 몰고 다니는 사람의 등장인데, 당연하지."

"방송국에서도 대대적으로 예고방송을 내보냈잖아. 지금 미국에서 차준후보다 관심을 받는 사람은 없어."

"이번 방송, 아홉 시 뉴스 데스크에서 2시간 특별 방송을 편성해서 빼앗아 가려고 한 것 알아?"

"나쁜 놈들이네. 시청률이 잘 나올 것 같으니까, 빼앗아 가려고 하는 거잖아."

아홉 시 뉴스 데스크는 CBC의 대표 프로그램이었고, 방송국 내에서 강한 힘을 자랑한다.

"맞아. 뉴스 데스크 팀이 방송국 내에서 발언이 가장 강하잖아. 원래라면 빼앗기고도 남았는데, 차준후 대표가 뷰티 월드 프로그램이 아니면 출연하지 않겠다고 했어. 뉴스 데스크 팀이 퇴짜를 맞은 거지."

"속이 다 시원하다. 우리 프로그램은 차준후 대표에게 훈장을 줘야 해."

"뉴스 데스크로 가지 않는다는 이야기를 들었을 때 매우 놀랐어. 의리 있는 사람이야."

"방송 화면에 훤칠하게 나올 수 있도록 조명을 잘 비춰 줘야겠다."

뷰티 월드는 출연자 차준후 덕분에 큰 화제를 받고 있었다.

화제가 되는 방송은 제작하는 사람들에게도 커다란 즐거움과 힘을 준다.

뷰티 월드가 미국인들의 사랑을 받는 미용 프로그램이긴 했지만, 뉴스 데스크만큼의 인지도는 없었다.

시청자들이 많지 않은 목요일 밤 11시에 방송하는 것만 봐도 알 수 있는 대목이다.

그런데 차준후의 방송 출연으로 인해 뷰티 월드의 인지도가 폭발적으로 상승하고 있었다.

"그런데 오늘 방송은 평소와는 조금 특이하게 진행한다고 하더라고."

"차준후 대표가 요구했다고 하더라."

"스카이 포레스트를 물어뜯는 현명한 녹색소비자 대표 레이나와 판사 출신 변호사, 화장품 전문가들이 출연한다면서?"

"맞아. 토론 형식으로 진행한다고 했어."

뷰티 월드의 섭외 요청을 받은 레이나는 흔쾌히 승낙했다. 많은 사람들에게 얼굴을 알릴 수 있는 좋은 기회였기 때문이었다.

"이야! 오늘 방송 불꽃 튀기겠다."

"광고료만 해도 몇 배로 올랐다고 들었다."

"그만큼 기대되는 방송이라는 이야기지."

뷰티 월드 특집 생방송 시간이 서서히 다가오면서 스튜디오의 열기가 뜨겁게 달아올랐다.

* * *

텔레비전 앞에 많은 미국인들이 모여들었고, 폭발적인 반응이 나오는 가운데 상당한 사람들이 CBC 방송국으로 채널을 고정시켰다.

인기가 있는 드라마보다 목요일 밤 11시 뷰티 월드 방송을 시청하는 인원이 더 많았다.

"시작한다."

"방송 정말 재미있겠다."

"천재는 어떻게 치고받을까? 아무리 천재라고 해도, 이런 건 진흙탕 싸움이 될 수밖에 없지."

"싸움 구경은 언제 봐도 재미있어."

"천재가 상대를 찢어 버릴 수도 있어."

"크크크크! 그러면 난 반해 버릴지도 몰라."

"미쳤냐. 남자가 남자에게 반하면 어쩌자는 거야?"

"말이 그렇다는 거지."

여자들이 주로 시청하던 뷰티 월드 방송을 수많은 남성들도 찾았다.

그만큼 화제의 방송이었다.

광고가 끝난 브라운관에 뷰티 월드의 앵커인 엘리스가 모습을 드러냈다.

* * *

"뷰티 월드를 사랑해 주시는 시청자 여러분 안녕하십니까, 오늘 토론을 진행할 엘리스입니다. 예고에서 알려 드렸다시피 스튜디오에 화제가 되는 분들을 어렵게 모셨습니다."

엘리스의 말과 함께 카메라가 출연자들을 클로즈업했다.

"자기소개 부탁드립니다."

"스카이 포레스트 대표 차준후입니다."

차준후가 차가운 눈초리로 명품 정장을 입고 앉아 있는 레이나를 바라보았다.

"현명한 녹색소비자 단체 대표를 맡고 있는 레이나예요."

방긋 웃으면서 여유롭게 자신을 소개한 레이나를 시작으로 판사 출신 변호사와 크라운 회사 임원도 소개를 마쳤다.

크라운 회사는 미용 크림과 립스틱 등에 강점이 있는

업체로 미국 내에서 인지도가 제법 있는 화장품 회사이다.

스카이 포레스트의 등장 이후 매출이 급격하게 하락하고 말았다.

시장 경제 체제에서 경쟁을 해야 한다고 하지만 크라운의 입장에서 스카이 포레스트는 아주 눈엣가시일 수밖에 없었다.

그렇기에 이번 소송과 고발을 하는 일에 있어서도 대놓고 앞장섰다.

"제가 말하지 않아도 이분들이 왜 스튜디오에 모였는지 시청자분들이 아실 거라 생각하지만, 혹시 모르는 분들이 있을 수도 있기에 간략하게 말하고 넘어갈게요."

엘리스가 미국 전역을 뜨겁게 달구고 있는 소송과 화장품 표시 광고법 위반에 대해서 또박또박한 목소리로 이야기했다.

"차준후 대표님! 혼자서 세 분과 토론을 하셔도 괜찮으신가요? 지금이라도 다른 분들을 스튜디오에 모셔도 괜찮습니다."

엘리스가 차준후에게 호의적인 시선을 던졌다.

뷰티 월드는 차준후에게 그야말로 아낌없이 모든 걸 퍼줘도 절대 아깝지 않았다.

스튜디오에는 토니 크로스와 실비아 디온, 그리고 혹시

몰라서 고용한 법무법인 변호사가 함께하고 있었다.

"오늘 이야기할 내용이 많아서 혼자인 편이 좋습니다. 다른 분들이 있으면 제가 이야기할 시간이 줄어들잖습니까?"

적대적인 시선을 던지고 있는 세 명을 앞에 두고서도 차준후는 여유로웠다.

수적 열세는 문제가 아니다.

반대로 자신의 논지를 펼칠 시간이 줄어들게 된다.

자신감 넘치는 차준후의 대답이었다.

"위트 있는 답변 잘 들었습니다."

진행자가 차준후를 칭찬해 주면서 자연스럽게 분위기를 풀었다.

그의 이야기를 듣고 있던 레이나의 입매가 비틀렸다.

'언제까지 그 여유가 유지될까? 그 여유가 사라지게 만들어 줄게.'

그녀는 방송을 위해 철저히 준비했다.

앞에 쌓여 있는 엄청난 자료들에는 차준후와 스카이 포레스트를 공격할 수 있는 내용들로 가득 넘쳐 났다.

"이제부터 토론을 시작하겠습니다, 레이나."

"네."

"레이나는 스카이 포레스트가 법을 위반하고 있다고 주장하고 있습니다."

"주장이 아니라 사실입니다."

"그런 이야기는 여기가 아닌 법정에 가서 말하시면 좋겠고요. 그 위반했다는 내용에 대해서 말씀해 주시겠어요?"

"기꺼이 해 드리죠. 스카이 포레스트는 화장품 표시 광고법 8조를 위반했어요. 정확하게는 화장품 표시 광고법 8조 1항부터 4항까지 위반을 했죠."

8조 1항은 예방·치료에 효능이 있는 것으로 인식할 우려가 있는 표시 또는 광고를 다루고, 2항은 의약품으로 인식할 우려가 있는 표시 또는 광고를 다룬다.

3항은 소비자가 효능을 오해할 우려가 있는 표시 또는 광고, 4항은 거짓·과장된 표시 또는 광고이다.

레이나가 일반인들은 알지 못하는 전문적인 지식을 뽐내면서 스카이 포레스트가 잘못한 부분을 조목조목 지적했다.

"법 위반에 대해 어떻게 생각하시나요? 스카이 포레스트 차준후 대표님."

"광고는 모두 FDA의 심의를 통과한 내용만을 사용했기 때문에 문제가 될 것이 없습니다. 허위와 과장 광고로 본다는 건 FDA를 우롱하는 처사이죠."

차준후가 반박했다.

"FDA의 심사 과정에 문제가 있었을지도 모를 일이잖

아요. 이번에 빠른 심사를 받기 위해 연구 비용을 스카이 포레스트에서 지불했다고 들었는데, 사실인가요?"

레이나가 뜬금없이 심사 연구 비용을 거론하고 나섰다.

일반인들은 전혀 관심이 없는 이야기였다.

미국 정부 예산으로 운용되는 FDA는 가장 많은 비용을 임상 연구 부서에서 사용한다.

임상 연구에 들어가는 비용을 전부 미국 정부가 부담하지 않는다.

심사를 신청한 기업이 빠른 심사를 원할 경우 임상 연구비를 부담할 수 있는 정책이 있었다.

정부 예산을 줄이면서 심사를 신청한 기업에게 비용을 전가하는 정책이었다.

정부와 기업이 모두 웃을 수 있는 정책으로, 많은 기업들이 빠른 심사에 기꺼이 비용을 지불한다.

스카이 포레스트 역시 다른 기업들과 마찬가지로 빠른 심사 통과를 위해 비용을 지불했다.

심사 통과가 빨라지면 빨라지는 만큼 제품을 더 많이 판매할 수 있으니 말이다.

"맞습니다."

차준후가 인정했다.

비용 지불 여부는 비밀에 부쳐지지 않고 그 사실이 곧

바로 외부에 투명하게 공표된다.

알려고 하는 사람이 적을 뿐, 관심을 가지고 있다면 누구라도 알 수 있는 내용이었다.

절대 문제 될 부분이 아니었다.

"심사 비용을 지불하는 과정에서 어떤 문제가 있었을지도 모르는 일입니다."

비용 지불을 미묘한 어투로 강조하는 레이나였다.

시청자들로 하여금 부정한 방법을 사용했냐는 의심을 불러일으키게 만드는 수작질이었다.

"지금 FDA의 업무를 의심하는 겁니까?"

차준후가 서늘한 어투로 물었다.

FDA의 심사 과정과 내용은 외부의 간섭을 일체 받지 않는다.

FDA의 자부심이자 불문율이나 마찬가지였다.

"FDA를 의심하는 게 아니라 스카이 포레스트의 서류를 못 믿는 거죠. 최빈국에서 작성한 서류는 그 가치를 인정하기 어렵잖아요. 그렇게 생각하지 않으세요?"

레이나가 문제 되는 부분을 슬쩍 빠져나가면서 차준후의 출신을 지적하고 나섰다.

가난한 나라이기 때문에 믿지 못한다?

논리적이 아니라 감성적으로 자극하는 주장이었다.

이건 선을 넘는 이야기였다.

토론에서 상대가 짜증 나는 짓을 한다고 해서 화를 내거나 말릴 수는 없는 일이다.

적대감을 유발하는 레이나가 방긋방긋 웃으면서 차준후를 바라보고 있었다.

씨익!

차준후가 선 넘은 레이나를 보면서 환하게 웃었다.

저쪽에서 먼저 도발을 했으니, 이쪽에서도 마음 놓고 편하게 때릴 수 있게 됐다.

"상대를 자극하는 말은 자제해 주세요."

엘리스가 즉각적으로 개입하고 나섰다.

"개인의 생각 여부에 따라 달라질 수 있겠지요. 믿지 못하면 어쩔 수 없는 일입니다만 논리적이지 못한 본능에 충실한 사람의 어리석은 생각이라고 단언하겠습니다. 최빈국이라면 모든 걸 믿지 못한다는 말이잖습니까?"

차준후가 레이나의 비아냥거림을 곧바로 받아쳤다.

싸우자고 덤벼드는 상대에게 웃으며 대하는 성격이 아니었다.

오는 말이 거칠면 가는 말도 사나웠다.

미국에 와서 한 번도 드러나지 않았던 거친 면모가 스튜디오에서 고스란히 튀어나왔다.

"뭐라고요! 말 다 했어요?"

"아직 할 말이 많습니다."

"잠깐만요. 두 분 모두 토론을 하고 있다는 걸 유념해 주세요. 감정적으로 상대를 자극하면 토론이 아니라 싸우는 거라고요."

엘리스가 토론을 하자며 두 사람의 자제를 당부했다.

"시안 변호사님."

"네."

"변호사님께서는 스카이 포레스트의 주름 개선 효과에 문제가 있다는 의견이시죠?"

엘리스가 감정이 격화된 두 사람을 잠시 내버려두고 시안 변호사에게 질문을 던졌다.

"그렇습니다."

"의견을 말씀해 주세요."

"주름 개선 효과를 보기 위해서는 SF—NO.1 밀크를 지속적으로 이용해야만 합니다. 한 번 사용해서 효과를 보게 되면 끊기 어려울 수도 있는데, 중독에 이르는 첫 단계로 보일 수 있습니다. 내용물들이 어떤 효과로 작용하고 있는지 지극히 의심스럽습니다."

시안 변호사가 장황하게 이야기의 서두를 꺼냈다.

"스카이 포레스트에서는 이윤만을 추구하기 위해서 SF—NO.1 밀크를 의약품이 아니라 화장품으로 출시했습니다. 이는 의약품법을 위반하는 중대한 범죄입니다. 국민 보건을 생각할 때 SF—NO.1 밀크를 화장품이 아닌 의약품으로 지정해야만 합니다."

시안 변호사가 범죄라고 말하면서까지 스카이 포레스트를 비난하고 나섰다.

"SF—NO.1 밀크가 어떻게 주름 개선 효과를 보는지 아직 명확하게 밝히지 않았습니다. 단기적으로 효과를 볼 수 있지만, 장기적으로 부작용이 발생할 가능성도 충분히 있습니다. 이 사실은 컨슈머 리포트에서도 지적한다는 사실을 유념해야 합니다. 유독하고 몸에 해로운 성분으로 주름 개선 효과를 보고 있다면 참으로 끔찍한 일입니다. 그래서 우리는 핵심적인 작용을 하는 원리와 성분에 대해서 스카이 포레스트가 밝혀야 한다고 생각합니다."

크라운 회사 임원이 SF—NO.1 밀크의 핵심적 비밀을 공개적으로 밝히리고 주장했다.

화장품 기업과 연구소들은 SF—NO.1 밀크를 복제하려고 했으나 실패했고, 그 핵심적 비밀을 알기를 원하고 있었다.

스카이 포레스트에 핵심 비밀을 알려 달라고 하면 거부당할 게 확실하니, 소송을 통해 압박하는 형국이었다.

지루한 법정 소송에 휩싸이게 되면, 스카이 포레스트의 SF—NO.1 밀크와 화장품 매출에 타격을 줄 수 있다는 것도 한몫했다.

"잘 들었습니다. 차준후 대표님, 반론해 주시겠어요?"

"반론하기에 앞서 의약품이 아닌데도 중독될 정도로 지속적으로 사용 가능하다는 변호사의 주장에 대해 깊은 감사의 말씀을 드립니다."

차준후가 시안 변호사에게 살짝 고개를 숙이기까지 했다.

"효과가 너무 좋아서 화장품이 아닌 의약품으로 오인할 수도 있다는 이야기이잖습니까. 화장품을 너무 잘 만들어도 문제가 되는 세상이군요."

차준후가 가볍게 농담을 내뱉었다.

"하하하! 맞는 이야기네."

"훗! 너무 잘 만들었지."

스튜디오의 스태프들이 웃음을 터트리고 말았다.

그 광경에 시안의 얼굴이 일그러졌다.

"지금 저를 우롱하는 겁니까? 비아냥거리지 마세요."

"아닙니다. 변호사님이 말한 걸 그냥 반복해서 말했을 뿐이잖습니까?"

"싸우자는 겁니까?"

"차준후 대표님! 제발 자중해 주세요."

엘리스가 간곡하게 부탁했다.

후끈 달아오르던 분위기를 다독거리면서 싸움이 아닌 객관적이고 균형 잡힌 토론이 될 수 있도록 중재했다.

"알겠습니다."

차준후가 여유롭게 말했다.

세 사람을 상대로 토론을 하고 있지만 어떠한 부담감도 느끼지 않는 것처럼 가벼운 모습이었다.

마치 산책을 나온 것처럼 미소를 짓고 있었다.

차준후는 법으로 무장한 변호사와 길게 대화를 이어 나갈 생각이 애당초 없었다.

상대와 토론을 벌이려는 자리가 아니었다.

빅 엿을 주기 위한 자리였다.

"이야기를 잘 들었습니다. 동의하는 부분이 많았습니다."

"동의하는 부분이 많다고요?"

엘리스가 깜짝 놀라 반문했다.

차준후의 발언에 스튜디오의 모든 사람들이 크게 놀랐다.

적극적으로 반론을 해도 부족할 판국이다.

그런데 상대의 말에 동의하면 잘못했다고 인정하는 꼴이 아닌가.

'이제 큰 것이 온다.'

지켜보고 있던 토니 크로스가 잔뜩 긴장했다.

'무슨 짓을 저지르려는 거지?'

레이나가 침을 꿀꺽 삼켰다.

싱그럽게 웃고 있는 차준후를 보고 있자니 등 뒤에 식은땀이 흘렀다.

심장이 죄어 왔다.

훤칠한 외모에 천재이지만 직접 대면해서 보니 뼛속까지 까칠하면서 성격이 좋지 않다는 걸 알게 됐다.

'절대 숙이는 성격이 아니야. 공격적이면서 독선적인 인물이다.'

그녀는 사람을 잘못 건드렸다는 걸 깨달았다.

지금이라도 모든 걸 없었던 걸로 하고 싶었지만 불가능한 일이었다.

"부작용이 있을 가능성이 있고, 화장품 표시 광고법 위반 소지 가능성이 있다는 사실에 매우 공감합니다. 그리고 그 책임을 크게 통감하고 있습니다."

분명히 좋지 않은 이야기를 하고 있는데도 불구하고 차준후의 표정은 여유로웠다.

심지어 웃고 있었다.

그 웃음은 즐거워서 웃는 게 아니라 비수처럼 서늘한 웃음이었다.

다소 웅성거리던 스튜디오가 충격적인 발언으로 인해 쥐 죽은 듯이 조용해졌다.

고요해진 실내에서 모든 사람들이 차준후를 주목하고 있었다.

"책임지겠습니다."
"어떻게 책임을 지겠다는 겁니까?"
"SF—NO.1 밀크의 판매를 중단하겠습니다."
"말도 안 되는 소리!"

크게 놀란 레이나가 자신도 모르게 의자에서 벌떡 일어났다.

잘못 들었다고 생각했다.

판매를 중단하겠다고?

어마어마하게 팔리는 제품을?

수천만, 아니 수억 달러의 매출을 올릴 수 있는 제품을 판매 중단하겠다는 건 사업가로서 말도 안 되는 이야기였다.

사업가라면 그녀의 판단이 옳았을 수도 있겠지만 연구원 출신의 차준후는 돈을 중요하게 여기지 않았다.

"모든 게 명확해질 때까지 판매를 중단하겠다는데, 왜 그러십니까? 원하는 바잖습니까."

차준후는 판매 중단이라는 극단적인 처방을 내렸다.

판매를 하지 않으면 시끄러운 문제는 자연스럽게 줄어들 수밖에 없다.

절찬리에 판매되고 있기 때문에 시끄러운 것이다.

판매 중단을 통해 문제를 원천 차단하겠다는 이야기는 충격적이었다.

"……소송에서 화장품이 아닌 의약품이라고 결론이 나면 어쩔 생각인가요?"

레이나가 조마조마한 심정으로 물어봤다.

그녀의 뇌리에는 더욱 최악의 상황이 떠올랐다.

아니나 다를까.

"완전히 철수시킬 생각입니다. SF—NO.1 밀크는 세계적인 베스트셀러 화장품으로 올라설 겁니다. 한국을 비롯한 세계 모든 곳에서 화장품으로 인정하는데, 미국에서만 의약품이면 이상한 일이죠. 그런 일은 제가 용납할 수 없습니다."

미국 법이 SF—NO.1 밀크를 의약품으로 분류하면?

팔지 않으면 그만이었다.

막대한 이득이 있다고 해서 차준후는 미국 시장에 연연하지 않았다.

언제든지 가볍게 버릴 마음이 있었다.

"저는 법을 어겨 가면서 이득 보는 사람들을 혐오합니다. 저 역시 그런 기준에서 예외일 수는 없죠. 혐오를 받느니 물건을 팔지 않는 편이 편합니다."

스스로에게 엄격한 기준을 제시하는 차준후였다.

SF—NO.1 밀크의 판매에 연연하지 않았고, 수익은 다른 화장품 판매와 사업 등으로 벌어들일 자신이 넘쳤다.

미국이 아닌 다른 국가에 SF—NO.1 밀크를 판매해도 엄청난 수익을 올리는 게 가능했다.

'이러면 안 되는데, 망했다!'

레이나는 스카이 포레스트를 물어뜯기 위해 SF—NO.1 밀크에 대해 정말 열심히 파고들었다.

그렇기에 주름 개선 효과가 탁월하다는 걸 누구보다 잘 알고 있는 사람 가운데 한 명이 됐다.

'진짜 판매 중단이 된다면? 큰일이 벌어진다.'

출시된 지 며칠 되지 않았지만 SF—NO.1 밀크의 인기는 엄청났다.

절찬리에 판매되던 SF—NO.1 밀크가 갑작스럽게 시장에서 사라진다고?

사람들의 원망이 누구한테 쏠릴까?

지금까지는 법 위반이라는 명분을 내세워서 스카이 포레스트를 공격했다.

그렇지만 이제는 판매 중단이라는 이유로 그녀를 비롯한 사람들이 역으로 공격받게 생겼다.

'아니야. 절대 그럴 리 없어. 미치지 않고서야 적대하는 사람을 공격하려고 엄청난 수익을 포기할 리 없어.'

그러나 차준후를 바라보는 레이나의 눈동자는 지진이라도 난 것처럼 흔들렸다.

기회라고 찾아온 방송은 처음부터 천재가 덫을 깔아 놓은 자리였다.

그런 곳에 잡아먹으라고 찾아왔으니, 망할 수밖에 없었다.

판매 중단이라는 말이 나왔을 때 뷰티 월드의 시청률이 크게 치솟았고, 시장 철수라는 선언까지 이어지자 시청자들이 계속해서 유입됐다.

뷰티 월드는 이날 프로그램 방영 이래 최고의 시청률을 기록했다.

이후 예정된 시간 동안 방송이 계속 진행됐지만 정신을 탈탈 털려 버린 레이나를 비롯한 세 사람은 제대로 방송에 집중하지 못했다.

반면 물 만난 고기처럼 신난 차준후였다.

웃으면서 조곤조곤 상대를 끝장내고 있는 이번 방송으로 차준후의 명성과 악명이 동시에 높아지는 기현상이 벌어졌다.

"대표님, 너무 극단적입니다."

방송이 끝나자마자 불편한 기색의 토니 크로스가 차준후에게 다가왔다.

"그래도 시원하지 않았나요?"

차준후가 턱짓으로 넋이 나간 표정의 레이나를 비롯한 세 사람을 가리켰다.

그들은 아무런 말도 하지 않고 스튜디오에서 꽁무니를 뺐다.

도망치듯 빠져나가던 레이나가 차준후를 원망스런 눈길로 노려보았다.

'물어뜯으려고 하면 반대로 뜯어먹히기도 하는 게 자연스러운 거잖아요.'

차준후가 어깨를 으쓱거리며 태연히 그 시선을 마주했다.

상처 입은 눈빛이 마음에 쏙 들었다.

물어뜯으려고 달려든 상대를 박살 내서 정말 즐거웠다.

씨익!

차준후는 환하게 웃었다.

제10장.

후폭풍

후폭풍

"원만히 해결할 수 있는 사안이었습니다."
"그동안 우리 직원들의 사기가 꺾일 겁니다. 그 모습을 가만히 지켜보는 건 대표로서의 책임을 회피하거나 무능한 겁니다."

차준후는 직원들을 생각했으나, 그 안에 자신의 분노가 있음을 인지하고 있었다.

위협적이면서 공격적으로 다가서는 야비한 사람이나 세력을 들이박는 습성은 다소 무모해 보이기도 했다.

급하게 진행된 생방송을 철두철미하게 계획하지도 준비하지도 않았기에 거꾸로 당할 우려도 있었다.

판매 중단 그리고 철수라는 충격적인 카드를 내밀어서 레이나를 비롯한 상대를 몰아붙였을 뿐이었다.

생각이 깊은 사람이라면 철저하게 준비하기 위해 조금 더 시간을 소모했을지도 몰랐다.
 그러나 조금 무모해 보이기도 한 것이 현재의 차준후의 모습이고, 설령 손해를 본다고 해서 바꿀 생각은 눈곱만치도 없었다.
 임준후로 살았던 과거에는 공격을 당할 때마다 무시하거나 회피했다. 상처받지 않고 현명하게 넘어간다고 스스로 위안을 삼았다.
 아니었다.
 싸워야 할 때는 피를 흘리더라도 싸워야 한다.
 조용히 물러나면 받은 피해는 차곡차곡 축적되어 사람을 수치스럽게 만들고, 나쁜 결과로 이어지거나 혹은 파멸로 몰아간다.
 부딪치지 않고 조용히 넘어가는 게 타격이 더 컸다고 말해도 무리가 아니다.
 '남의 불행을 이용해서 먹고사는 이들이 잘난 체하는 모습을 보기 싫다.'
 차준후는 받은 이상으로 되갚아 줘야만 직성이 풀린다.
 약자를 괴롭히는 건 취향이 아니었지만 덤비면 인정사정 봐주지 않는다.
 그의 손바닥 위에서 놀아난 저들에게는 이제 물어뜯길 일만 남았다.

물어뜯기는 아픔과 고통이 얼마나 사람을 불편하고 막바지까지 몰리게 만드는지 직접 체험하게 되리라!

"이런 상황에서도 직원들까지 걱정하시다니, 오늘도 중요한 걸 배웠네요."

실비아 디온이 포장된 차준후의 생각을 알아챘다.

며칠 근무하지 않았는데 무역대표부에서 일했을 때보다 배우는 게 정말 많았다.

정말 열심히 배워야 천재인 차준후와 눈높이를 맞출 수 있을 것 같았다.

"비서실장님, 이상한 거 배우지 마세요. 따라 하면 큰일 납니다."

"어설프게 따라 하면 그렇겠죠. 저도 대표님처럼 상대방을 압도적으로 찍어 누를래요. 덤벼 오는 사람이 있으면 박살 내 버릴 거라고요."

푸른 눈을 반짝이는 실비아 디온이 차준후를 본받겠다고 외쳤다.

지금 상황을 즐기고 있는 게 분명했다.

"때릴 때는 확실하게. 풀은 뿌리까지 뽑아야 화근이 사라지는 겁니다."

차준후가 은근히 조언해 줬다.

어설프게 때리면 상대가 억하심을 가지고 반발하기 마련이었다.

"넵. 가르침대로 잘 때려 볼게요."

실비아 디온이 암팡지게 고개를 끄덕였다.

주먹을 불끈 쥐는 모습이 사납지 않고 무척 귀여웠다.

평생 사람 한 번 때려 보지 않은 순박한 그녀가 진짜로 때릴 것처럼 보였다.

"대표님, 무슨 말씀이십니까. 괜히 나쁘게 물들이지 마세요."

토니 크로스가 기겁했다.

이건 사업가가 아니라 싸움꾼인가?

무역회사를 창업하고 싶다는 인재에게 싸움을 가르치면 안 되는 거다.

"배우겠다잖아요. 이런저런 못된 사람들이 많은데, 착하게만 살아도 피곤하다니까요."

"야단법석을 떨지 않아도 좋게 해결할 수 있는 분이 왜 손해를 보면서 일 처리를 하는 건지 이해가 안 됩니다."

"우거지상을 하고 있는 모습을 보니까 기분이 좋아지더군요. 그거면 충분합니다. 내일 아침에 모든 판매점과 유통회사들에 연락해서 SF-NO.1 밀크의 판매를 중단시킬 준비를 해 달라고 전해 주세요."

차준후가 지시를 내렸다.

"난리가 나겠네요."

토니 크로스가 결국 납득하고 말았다.

방송에서 거하게 사고를 쳤으니 이제 어떻게든 해결을 봐야만 했다.

 "정말로 판매가 중단될 일은 없을 겁니다. 유통 회사들을 통해서 소문만 흘리면 됩니다."

 방송에서는 호언장담했지만, 최악의 경우가 닥치지 않는다면 정말로 판매를 중단할 생각은 없었다.

 스카이 포레스트에서 유통 회사에게 판매 중단할 준비를 해 달라고 요청하면, 그쪽에서 소문이 퍼질 것이다.

 차준후가 노리고 있는 부분은 이 점이었다.

 "사장님이 전화 받아 보실래요? 걸려 오는 전화 모두 사장님께 돌려 드리겠습니다."

 이 소문이 퍼지게 되면 얼마나 많은 항의가 회사로 쏟아져 들어올까?

 생각만 해도 골치가 아픈 토니 크로스였다.

 "……."

 원망 어린 눈길에 말없이 고개를 돌리는 차준후였다.

* * *

 - SF-NO.1 밀크의 판매를 중단하겠습니다.
 - SF-NO.1 밀크를 미국에서 완전히 철수시킬 겁니다.

뷰티 월드 방송을 지켜보던 한 여인이 비명을 내질렀다.

"아악! 나 내일 백화점에 SF-NO.1 밀크 사러 가려고 했는데."

"다행이다. 난 크리스마스이브에 일찌감치 구매해 뒀어."

다른 여인이 안도의 한숨을 내쉬었다.

"내일 백화점에서 판매할까?"

"글쎄다? 일단 기존에 생산해 둔 것들을 판매하지 않을까?"

"성격 한 번 정말 까칠하다. 기분 더럽다고 SF-NO.1 밀크 판매하지 않겠다는 거잖아."

"엄청난 수익을 과감히 포기해 버린다는 사실이 대단하지 않아?"

두 여인이 차준후에 대해 이야기를 나눴다.

할 말이 많은 것처럼 보였다.

"미친 거지. 봐! 지금 실성해서 웃고 있잖아."

"자신을 물어뜯은 상대를 엿 먹이려고 수백만 달러를 포기했어. 나라면 돈이 아까워서 저렇게 못 해."

"우리랑은 전혀 다른 세계에서 살고 있는 사람이야. 일반적인 시각으로 바라보면 천재 혹은 미치광이지."

"참! 내가 알아보니까, 현명한 녹색소비자 대표인 저 여자! 지금까지 여러 기업들에 온갖 문제를 제기했더라고."

"그게 무슨 소리야?"

"나도 소비자 단체에서 일하고 있잖아. 레이나라는 저 여자, 평이 안 좋아. 돈 되는 일이라면 닥치는 대로 맡는다는 지저분한 소문이 있어."

여성은 업계의 많은 소문과 구설수 등에 빠삭했다.

소비자를 위한다는 구실을 내세우고서 뒤로 사리사욕을 챙기는 단체와 대표들이 적지 않았다.

"지저분한 짓으로 돈을 번다는 이야기네. 이번에도 그런 것이고."

"정말이라면 아주 못된 여자인 거지."

"와아! 이건 분명히 짚고 넘어가야 할 문제야."

"맞아. 경찰에 고발하자."

"고발해도 괜찮을까?"

"서 여사도 의혹만 가지고 고발했잖아. 소문과 구설수 등이 잔뜩 있으니까, 고발하기에 충분해."

그녀들처럼 방송을 보고 난 뒤 레이나를 고발하는 사람들이 적지 않았다.

밀크의 판매가 정말로 중단될지도 모른다는 소문이 퍼지자, 억지 주장을 펼친 크라운 화장품 본사로 사람들이 모여들어 불매 시위를 벌이기도 했다.

방송 이후, 후폭풍이 강력하게 일어났다.

* * *

 경찰에 현명한 녹색소비자회를 고발하겠다는 고발장들이 쏟아져 들어왔고, 현명한 녹색소비자회에서도 내부 폭로가 터져 나왔다.
 "레이나 대표가 후원금 명목으로 크라운 회사에서 돈을 받았어요."
 경리가 양심고백을 했다.
 판도라의 상자가 열린 것이다.
 소문만 무성하던 소비자 단체와 로비를 하는 업체들의 연관 고리가 드러나면서, 스카이 포레스트를 둘러싼 음해 의혹이 밝혀졌다.
 경리가 공개한 내용에는 업체들의 후원금 내역과 함께 레이나의 집 대출금과 집 인테리어 수리비, 개인물품 구입 내역들도 있었다.
 공금 횡령까지 했다는 결정적 증거였다.
 이로 인해 레이나를 비롯한 크라운 회사의 임원, 변호사가 경찰서에 출두해서 전면적인 조사를 받아야 하는 상황이 벌어졌다.
 크라운 회사는 분노한 소비자들에 의해 불매운동이라는 직격탄을 맞았다.
 방송에 출연했던 임원이 임의로 벌인 짓이라며 해고와

함께 꼬리 자르기를 시도했지만, 도리어 악명만 높아졌다.

결국 악에 받친 임원은 모두 수뇌부의 허가를 받고 후원금을 지불했다는 사실을 밝혔고.

가맹점에서는 크라운 회사의 화장품을 받지 않겠다고 선언하기도 했다.

불매 운동에 가맹점들의 거부까지 이어지며, 월가의 애널리스트들은 매출이 하락할 거라며 목표 주가를 하향시켰다.

판사 출신 변호사 역시 상황이 좋지 않았다.

스카이 포레스트 음해 작업에 깊숙하게 관여했다는 의혹을 받고 있기 때문이었다. 사실로 밝혀질 경우 심하면 변호사 자격증이 박탈될 수도 있었다.

레이나의 경우 다른 사람들에 비해 상황이 더욱 심각했다.

그전에 그녀에게 당했던 회사들에서 고발이 계속 이어지고 있었고, 공권력을 이용해 이득 챙긴 사실을 심각하게 받아들인 경찰이 적극적으로 수사를 했기 때문이었다.

"CBC 방송국 뷰티 월드의 켈리 마리아입니다. 크라운 회사의 돈을 받은 게 사실입니까?"

많은 기자들이 정문 앞에서 대기하고 있을 때, 경찰서

뒷문에서 홀로 기다리고 있던 켈리 마리아가 레이나에게 질문했다.

"……."

레이나는 말이 없었다.

어제까지만 해도 잘 나가던 그녀였지만 이제는 완전히 나락으로 떨어졌다. 그것도 바닥이 어디인 줄도 모르고 계속해서 내리꽂혔다.

"돈 때문에 계획적으로 스카이 포레스트를 공격한 겁니까? 차준후 대표님께 죄송한 마음은 눈곱만치도 없나요?"

"그 미친 작자에게 죄송해야 하나요? 그 사람 때문에 내 인생이 끝장났다고요."

조용히 경찰서로 뒷문으로 출두하려던 레이나가 참지 못하고 앙칼지게 소리쳤다.

그녀의 아킬레스건은 바로 차준후였다.

잘나가던 그녀의 일상을 송두리째 파괴한 장본인!

그를 생각할수록 참을 수 없는 분노가 치밀어 올랐다.

"자업자득 아닌가요?"

"난 잘못한 게 없어! 어디까지나 스카이 포레스트의 법 위반에 대해서 순수한 마음으로 고발했을 뿐이라고."

레이나의 눈에 핏발이 곤두섰다.

소비자 단체의 대표로 활동하며 거짓된 모습을 보이고

있던 그녀의 추악한 면모가 고스란히 드러났다.

멈추지 않고 잘 나갈 것 같았지만 차준후를 만나면서 그녀의 명성과 체면 등 사회적으로 쌓아 올린 모든 게 망가져 버렸다.

이성을 잃은 것처럼 소리치는 레이나의 모습을 카메라에 담은 켈리 마리아가 웃었다.

"특종! 고마워요."

이걸로 뷰티 월드의 시청률이 다시 한번 고공행진을 하고, 기자로서의 그녀의 명성도 높아질 것 같았다.

그에 반해 레이나의 인생은 이제 더 구제받지 못하고 끝장나리라!

남을 함부로 헐뜯으려고 한 자의 최후였다.

* * *

[화장품 표시광고법 위반이 아니다.]
[소송 각하!]

경찰서와 법원에서 스카이 포레스트의 손을 들어 주는 내용을 발표했다.

소비자들에게 혼동을 주던 고발과 소송 이야기들이 깔끔하게 마무리됐다.

자연스럽게 밀크의 판매 중단은 없던 일이 되어 버렸다.

* * *

뷰티 월드 방송에서 차준후의 충격적인 선언 이후 판세가 순식간에 기울어져 버렸다.

이런 뒷이야기에는 소비자들이 SF-NO.1 밀크를 간절하게 원하고 있다는 사실이 무엇보다도 컸다.

생방송 다음 날부터 SF-NO.1 밀크를 찾는 손님들이 부쩍 늘어났다.

판매 중단되어서 살 수 없을지 모른다는 불안감과 애초부터 구매하려고 생각했던 소비자, 여분의 화장품을 구매해 놓으려는 사람들이 백화점과 상점 등으로 몰려들었다.

판매대에 있던 SF-NO.1 밀크가 순식간에 동이 나 버렸다.

미국 전역에서 일어나는 현상이었다.

스카이 포레스트 미국 공장에서는 이제 막 SF-NO.1 밀크를 비롯한 화장품들을 생산해 내고 있었기에 그 물량이 많지 않았다.

미국 전체의 폭발적으로 소모되는 대규모 물량을 감당

하기에는 어림도 없었다.

"제발 SF-NO.1 밀크를 팔아 주세요."

"SF-NO.1 밀크가 없으면 주름 관리를 어떻게 하라는 건가요?"

"한 번 사용해 봤더니 이제는 끊을 수가 없어!"

"내 돈을 가져가고 SF-NO.1 밀크를 팔아라!"

SF-NO.1 밀크를 구매하지 못하는 소비자들의 아우성이 요란했다.

생산 물량들이 판매대에 진열하는 순간 족족 팔려 나갔고, 소비자들은 여전히 SF-NO.1 밀크를 구매하기가 어려웠다.

생산이 소비를 따라가지 못했다.

생산은 조금씩 늘어나고 있는 반면, 연이은 핫이슈로 인해 SF-NO.1 밀크는 소비자들의 폭발적인 호응과 관심을 받고 있었다.

원래 구하기 힘들면 더 간절히 원하는 법이다.

신규 화장품 공장을 짓거나 구매하기 전까지 이런 분위기는 지속될 전망이었다.

"SF-NO.1 밀크! 개봉 안 한 제품 팝니다."

"40달러! 단돈 40달러에 SF-NO.1 밀크를 가져가실 수 있어요."

"딱 한 번만 사용한 밀크예요."

후폭풍 〈255〉

"밀크! 있어요. 돈이 급해서 팔아요."

가정집 마당이나 중고 장터에 SF-NO.1 밀크가 기존 가격보다 2배 이상 비싼 가격으로 거래되기 시작했다.

40달러는 최저 가격일 뿐, 50달러 이상에 빈번하게 거래됐다.

개봉해서 사용했던 물건들까지 불티나게 판매되고 있었다.

중고 거래가 활성화되어 있는 미국에서 SF-NO.1 밀크는 최고의 상품으로 떠올랐다.

스카이 포레스트 미국 법인의 현지화 전략으로 일어나고 있는 경제적 효과도 무시하지 못했다.

이 과정에서 협력하고 있는 미국 업체 수만 해도 80곳이 넘어섰고, 고용하고 있는 근로자들도 엄청났다.

부품 조달과 생산이 미국 현지에서 거의 전부 이뤄지는 구조다.

게다가 섬유 업체, 플라스틱 업체, 유리 업체, 패션 업체, 드라마 & 영화 제작사 등 스카이 포레스트 업무와 관련된 업체들이 꾸준하게 늘어나는 추세였다.

시간이 흐를수록 개방된 자세를 취하고 있는 스카이 포레스트 미국 법인과 협력 업체들의 관계가 긴밀해지면서 더욱 촘촘해졌다.

스카이 포레스트는 우위를 확고하게 다지면서 직접 사

업하지 않아도 되는 부분은 두 곳 이상의 협력 업체들에게 밀어줬다.

마치 애플망고처럼.

스카이 포레스트는 중추적인 컨트롤 타워 역할을 하면서 복수의 협력 업체들을 이끌었다. 외부에서 들어오는 위협에 빠르게 대처하고 차단하면서 성장하고 있었다.

협력 업체가 된다는 건 엄청난 기회였다.

차준후는 혁신적인 화장품에 어울리는 부품들을 원하고 있었기에, 자신의 경험과 미래 지식을 일부 나눠 줬기 때문이었다.

협력 업체들의 정체되어 있던 신제품과 연구가 차준후의 한마디 덕분에 뻥 뚫리는 일들이 간혹 벌어졌다.

- 천재라는 말은 허언이 아니다.
- 다방면에 천재적인 면모가 번뜩인다. 모든 것을 꿰뚫어 보는 놀라운 혜안을 가지고 있다.
- 천재의 한마디를 듣는 순간, 난 전율하고 말았다.
- 이득을 보지 않아도 좋다. 천재의 가르침을 들을 수만 있다면 그것만으로도 엄청난 이득이다.

차준후에 대한 소문이 퍼지면서, 수준 높은 대기업과 높은 기술을 가진 업체들에서도 협력 업체로 삼아 달라는 요청이 마구 쏟아져 들어왔다.

신제품과 연구에 대해 목말라하는, 이름만 들어도 알만

한 대단한 기업들은 수시로 나타났다.

 차준후는 필요하다고 생각되는 기업들과의 협력 관계를 새롭게 이어 나갔고, 이는 기존 협력 업체들에게 경각심을 심어 줬다.

 기존의 협력 업체들은 떨어져 나가기 않기 위해 미친 듯이 발버둥을 쳐야만 했다.

 협력 업체들 사이에서도 스카이 포레스트와 함께 일을 하기 위한 경쟁이 무척 치열했다.

 이렇게 몰려드는 업무를 토니 크로스와 실비아 디온 등을 비롯한 직원들이 맡았다.

 능력이 있는 임원들이 중요한 업무를 빠르게 처리했고, 일반 직원들도 발바닥에 불이 난 것처럼 돌아다녔다.

"요즘 대표님은 뭐 하고 계셔?"

"귀국하기 전에 저자극 화장품을 만든다고 바쁘다고 하더라."

"저자극 화장품?"

"피부가 예민한 그레이스 켈리에게 저자극 화장품을 협찬하고, 광고와 동시에 시판한다고 하셨어."

"밀크는?"

"올해까지 대규모 증산이 어렵다고 상무님이 죽는 표정으로 말씀하시더라."

"밀크를 판매해 달라는 아우성 때문에 일선에서는 아

주 죽어 나간다. 실무를 책임지고 있는 상무님만 죽어 나가고 있구나."

SF-NO.1 밀크 생산을 대규모로 늘리자는 토니 크로스의 애원에도 불구하고 올해까지는 증산 계획이 없었다.

차준후의 결정이었다.

내년에 상황을 봐가면서 SF-NO.1 밀크 증산에 대해 고민해 볼 예정이었다.

품절 상황을 마케팅으로 활용하고 있었다.

SF-NO.1 밀크에 대한 이야기를 주요 언론매체들이 연일 떠들어 댔다. 덕분에 광고비 한 푼도 들이지 않고 대단한 광고 효과를 보고 있었다.

"언제 증산한다는 말은 들은 적 없나요?"

"없어요. 그런 좋은 결정이 있었다면 벌써 들었겠죠."

"대표님께서 빨리 결정을 내리셔야 할 텐데……."

"우리 때문에 항공업체들이 아주 신바람을 내고 있다고 하더라고요."

"일본으로 가는 비행기 표를 구하기가 아주 힘들다고 들었습니다."

"덕분에 비행기 푯값이 올라 버렸죠."

일본행 비행기 표가 연일 매진이었고, 내년 1월까지 모든 표가 예약 판매됐다.

일본으로 가려는 사람들이 아니라 대부분 일본을 거쳐 한국으로 가려는 사람들이었다.

미국에서 구매하기 힘드니까, 한국에서 구매하겠다는 이야기였다.

대체할 수 없는 독보적인 SF-NO.1 밀크를 구매하기 위한 여행인 것이다.

고발과 소송 등으로 이어진 시끄러운 이야기는 아직도 끝나지 않고 진행 중이었다.

"대표님이 직원들을 끔찍하게 생각해서 그래요. 이번 고발과 소송 사태로 직원들 마음고생이 심했잖아요."

"맞아요. 다정하면서 천재인 차준후 대표님과 함께 일할 수 있어서 너무 행복해요."

직원들은 진짜로 차준후가 자신들을 소중하게 생각하고 있다고 여겼다.

뒤끝 작렬이 심한 차준후가 아주 심각하게 미화됐다.

기분이 상했을 때 한국에서 했던 행보를 미국에서도 고스란히 보여 줬을 뿐인데, 높게 평가됐다.

언론 매체에 선동되어 스카이 포레스트를 욕하고 비난하던 미국 사회였고, 상황이 좋아졌다고 해서 모든 걸 없던 일로 하고 넘어가는 건 싫었다.

기분이 찝찝했다.

이득이 목적이 아니었기에 사업가라면 낙제점일 수도

있겠지만 감정적인 면모는 오히려 사람들의 뜨거운 반응을 불러왔다.

 절판 마케팅?

 위기감 마케팅이라고 할까?

 마케팅 효과가 더해지면서 스카이 포레스트의 화장품을 구매하기 위한 미국 구매자들의 오픈런 경쟁이 치열했다.

 직영점 오픈 전부터 줄서기가 미국에서도 만연해졌다.

 차준후가 사업을 신경 쓰지 않고 사건을 저질렀는데, 사업적 대성공을 이끌어 냈다.

 "역시 대단한 대표님이야."

 "말 한마디로 시장을 휘어잡으셨죠."

 "우리는 천재인 대표님만 믿고 일하면 된다고. 하시는 일에는 다 의미가 있는 거다."

 "전 애당초 대표님을 믿고 있었다고요."

 미국 법인에서 차준후를 맹목적으로 믿고 따르는 직원들이 크게 늘어났다.

* * *

 "대표님, 미국에서 해야 할 일이 많습니다."

 "맞아요. 지금은 고국으로 돌아갈 때가 아니라 미국에

집중해야 해요."

"대표님께서 계셔야만 회사가 제대로 돌아갑니다. 한국을 무시하는 건 아니지만 미국에서 활동하는 편이 여러모로 유리합니다."

토니 크로스와 실비아 디온이 차준후의 귀국을 반대하고 나섰다.

차준후가 있느냐 여부에 따라 스카이 포레스트 미국 법인이 운신할 폭이 달라진다.

"두 분이 있어서 안심하고 돌아가는 겁니다."

차준후는 말 그대로 편안한 표정이었다.

"저희들로는 한계가 뚜렷해요. 대표님처럼 할 수는 없다고요."

"비서실장의 말이 맞습니다."

두 사람은 어떻게든 차준후를 미국에 머무르게 하고 싶었다.

"제가 믿고 일을 맡길 수 있을 정도로 두 분은 우수합니다. 그러니 자신감을 가지고 할 수 있는 만큼만 하세요."

차준후의 결정은 바뀌지 않았다.

미국에서 보내는 시간은 즐거웠다.

맛있는 요리들을 끼니마다 먹을 수 있고, 자유로운 분위기 아래 해변을 거닐며 여유로움을 만끽했다.

부유하면서도 편안하게 보내며 다른 사람들의 칭찬과

존경을 받는 삶은 마음을 설레게 만들었다.

계속해서 머무르고 싶었다.

하지만 가야 한다.

혼자서 잘 먹고 잘살 때가 아니라 최빈국 대한민국으로 돌아가야만 한다.

미국에서 얻은 성과를 바탕으로 스카이 포레스트의 발전 계획을 수정할 시간이 다가왔다.

"대표님과 비서실장은 한 몸이죠?"

실비아 디온이 야릇한 말을 내뱉었다.

"말이 무척 이상한데요."

"대표님 있는 곳에 비서실장이 있어야 하잖아요. 실은 바늘을 따라가야 한다고요."

실비아 디온은 차준후를 따라서 함께 움직일 생각이었다.

"미국에 있어야 원하는 꿈을 이루는 데 좋아 보입니다만."

차준후는 비서실장의 꿈과 미래를 위해 미국에 머무는 걸 추천했다.

그보다 몇 배나 사업적 능력이 좋은 비서실장이었다.

한국으로 따라온다는 건 그 좋은 능력을 썩히는 일이 될 수도 있었다.

"제 꿈은 대표님 옆에 있어야 빨리 이룰 수 있어요."

"부모님이 싫어하시지 않을까요?"

"저도 다 큰 성인이에요. 엄마는 모르겠지만 아빠는 좋아하실 게 틀림없어요."

"좋아하신다고요?"

"아빠는 주한미군으로 한국에 가 있어요. 저를 볼 때마다 발전은 덜 됐지만 사람들이 순박하다면서 한국에 놀러 오라고 말하시거든요."

"아버지가 군인이시군요."

"장성이세요. 저희 집이 군인 집안이에요. 아빠와 엄마가 모두 군대에서 일하고 있고, 외할아버지와 할아버지, 증조할아버지하고 큰아빠, 외숙모까지 모두 군인 출신이에요."

"완전히 군인 집안이군요."

차준후는 실비아 디온에게 아주 잘해 줘야겠다고 생각했다.

비서실장에게 크게 잘못하는 일이 있으면 총 들고 쫓아오지 않을까?

알고 보니 실비아 디온의 집안은 무시무시했다.

"스카이 포레스트 이야기도 큰아빠에게 듣고 알게 됐어요. 덕분에 많은 걸 보고 배워서 큰아빠에게 너무 고마워요."

비서실장의 취직에 큰아빠가 살짝 연관되어 있다는 소리인데…….

"큰아빠는 어디에서 일하시는데요?"

"국방성인 펜타곤에서 장성으로 일하고 계세요. 집안에서 가장 계급이 높은 분이세요."

"아버지는요?"

"아빠는 별이 한 개밖에 안 돼요. 큰아빠는 두 개죠."

평범한 군인 집안이 아니라 장성 출신들이 있는 아주 찬란한 집안이었다.

실비아 디온은 아주 귀한 집안의 여식이었다.

별을 가진 미군의 높은 분에게도 관심을 받고 있다는 걸 알게 된 차준후였다.

어떻게 된 사정인지 자세하게 알고 싶었지만 미군을 파헤칠 수는 없는 노릇이었다.

"충동적으로 결정했다가 후회할 수도 있습니다."

"함께할 수 없다면 퇴사를 불사힐래요."

실비아 디온이 볼을 부풀리며 반발했다.

귀여운 모습이었는데, 그녀가 집안에서 보이는 최강의 공격법이었다. 한 번 고집을 세우면 절대 꺾지 않는 약간 사차원적인 성격이었다.

아무리 봐도 설득이 가능해 보이지 않았다.

눈에 강철보다 단단한 콩깍지가 쓰인 게 분명했다.

특급인재가 퇴사하는 건 어떻게든 막아야만 한다.

함께 움직이면 차준후 입장에서 큰 도움을 받는 것도

있었기에 무턱대고 반대할 일이 아니었다.

"한국으로 돌아가서 여러 일을 해야만 하는데, 비서실장님께서 옆에서 저를 도와주신다면 기꺼이 받아들여야지요."

"큰 힘이 될 수 있도록 노력할게요. 대표님이 싫다고 할 때까지 곁을 떠나지 않을래요."

그녀가 오해를 불러일으킬 수도 있는 말을 거침없이 내뱉으며 자신의 가치를 입증하겠다고 다짐했다.

저런 말을 집안 장성들 앞에서 하면 곤란하지 않을까?

차준후는 몸서리쳐지는 느낌을 받았다.

"저도 따라가고 싶습니다만······."

"상무님은 미국 법인을 책임지셔야지요."

"알고 있습니다."

토니 크로스가 아쉬움을 드러냈다.

마음은 굴뚝 같았지만 병원 치료도 받고 있었기에 미국에서 떠날 처지가 아니었다.

"영영 보지 못하는 것도 아니니까 그렇게 침울한 표정 짓지 마세요. 자주 연락을 드리겠습니다."

"대표님처럼 해낼 자신이 없는데······."

그야말로 폭발적인 성과를 만들어 낸 차준후였다.

미국 역사상 존재하지 않았다고 해도 과언이 아닐 정도로.

그런 대단한 차준후를 대신해서 사업을 이끌어 나간다는 묵직한 책임감이 토니 크로스를 짓눌렀다.

"잘하실 수 있으니까, 우는소리는 그만하세요."

토니 크로스의 대학교 강의 내용이 차준후의 뇌리에 맴돌았다.

아이비리그 대학의 경영대학원까지 다니며 공부했던 그는 60년대 경제 상황을 예측했었고, 거의 그대로 적중했다.

회귀해서 미래 지식을 사용하는 그와 달리 진짜 혜안을 가지고 있는 현자가 바로 토니 크로스였다.

믿었던 친우에게 배신당하지 않았다면 대단한 회사를 일궈 냈을 수도 있는 사람이었다.

시세삼도

서울론도호텔.

서울에서 세 손가락 안에 들어가는 대규모 고급 호텔이다. 외국인들이 선호하는 고급 호텔이며, 고급 호텔 가운데 숙박료가 가장 비싼 축에 속한다.

서울 중구 장충동에 위치한 호텔 자리는 일제강점기에 사토 히로부미를 기리기 위한 절, 박문사가 있던 자리였다.

서울론도호텔 바로 옆에 위치한 1층 영빈관이 바로 박문사의 건물이다.

일제강점기 시절 지어진 건물을 리모델링하였고, 고풍스러운 가운데 깨끗한 영빈관에서 객실 투숙객들과 외국인들이 행사나 연회 등을 벌이고는 한다.

외국인들 가운데 특히 일본인들이 가장 선호하는 호텔

이라고 한다.

로열 스위트 810호실.

거실 테이블에 세 명의 일본인들이 탁자에 시선을 집중하고 있었다.

그들은 긴급하게 서울을 찾아온 시세삼도의 회사 사람들이었다.

시세삼도.

1872년 약국으로 출발한 회사는 1927년부터 주식회사로 전환하여 화장품, 미용 제품, 미용 식품, 의약품 등 제품들을 출시하고 있다.

본사의 직원만 2,000명을 넘어선다.

시세삼도와 연결된 회사들까지 따지면 30,000명이 넘어서는 세계적인 규모의 화학 회사이다.

주력 업종인 화장품 업계에서 일본 1위.

세계 7위의 거대한 화장품 회사였다.

심각하게 낮은 수준의 한국 화장품 업계에서 놀라운 품질의 화장품을 발명했고, 미국에서 폭발적인 반응을 보인다는 이야기를 듣고서 그들이 방한했다.

자신들의 텃밭이나 다름없는 한국에서 벌어지는 사태를 직접 파악하기 위함이었다.

일본이라면 치를 떠는 한국이지만 일본 전자제품과 화장품 등 앞서 나가는 물건들을 잔뜩 수입해서 즐겨 사용하고 있었다.
 골든 이글, 프리덤, 오아시스.
 SF-NO.1 밀크.
 쿠션.
 테이블 위에 올라 있는 물건을 바라보는 이마무라 마사키의 입가에 미소가 만연하다.
 "겉모습만 보면 디자인이 나쁘지 않은데."
 "우리 일본 화장품 용기를 보고 따라서 한 모양인데, 생각보다 잘 나왔습니다."
 "베끼는 게 어디 하루 이틀인가. 일본 제품 복제품이 넘쳐 나는 나라가 바로 한국이잖아. 복제한 물건으로 우리를 뛰어넘었다고 난리를 치니 참으로 우습지."
 "일본이 싫다고 입에 거품을 물지만 지금도 일본 제품을 얼마나 좋아하는지 모릅니다. 회사 화상품들을 엄청나게 밀수해서 좋다고 사용하는 한국인들입니다."
 연구원 니시다 요타로가 한국인들의 습성을 꼬집었다.
 "한국인들이 원래 그렇잖아. 앞에서 싫다고 하면서 뒤로는 좋아하는 특성을 지녔지."
 이마무라 마사키 전무의 수행비서로 따라붙은 한국어에 능숙한 노미 카게가 낄낄거렸다.
 "보나 마나겠지만 한번 살펴보자고."
 "골든 이글부터 보죠."

뚜껑을 열자, 투명한 노란 식물성 포마드 크림이 모습을 드러냈다.

"음! 색이 좋은데."

"향기도 나쁘지 않네요."

"보이는 모습만 신경 쓰는 한국인들이잖아요. 품질이 중요한 법이죠."

니시다 요타로가 골든 이글을 손가락으로 듬뿍 떠서 마구 문질러봤다.

코끝으로 가져다 대고 킁킁거려 보았고, 손가락에 묻은 크림을 꼼꼼하게 살펴봤다.

머리카락에 직접 발라서 사용해 보기도 했다.

"어라?"

생각지도 못한 촉감과 향 등에 당황했다.

이마무라 마사키도 골든 이글을 손바닥 위에 올려놓고 손가락으로 문질러 봤다.

"이질감이 느껴지지 않아. 묽은 크림처럼 느껴져. 이 정도면 우리 회사 식물성 포마드 크림과 큰 차이가 없어."

한국 포마드 크림은 손가락으로 문대다 보면 조악한 품질 탓에 이물질이 느껴지거나 지저분하게 엉켜 버리고는 했다.

그런데 골든 이글은 이질적인 느낌이 없이 아주 부드러웠다.

"생각보다 품질이 좋습니다."

니시다 요타로의 표정이 심각해졌다.

"음! 동등하거나 약간 상회하는 수준 같은데? 매끄러운 게 장난이 아니야."

이마무라 마사키의 입가에 있던 미소가 씻은 듯이 사라져 있었다.

"정확한 건 연구소에서 정밀하게 조사를 해 봐야 알겠지만 아무래도 세정력이 더 좋아 보입니다. 그리고 반짝거리는 윤기도 우리 식물성 크림보다 우위에 있다고 판단됩니다."

분했는지 입술을 깨물며 말하는 니시다 요타로.

가만히 듣고 있는 두 사람의 미간이 잔뜩 찌푸려졌다.

심각한 사태였다.

좋았던 실내의 분위기가 한순간 차갑게 얼어붙었다.

"한국인들이 내뱉은 이야기들이 허언이 아니었다는 거잖아. 어떻게 이런 놀라운 제품이 나올 수 있었던 걸까?"

"연구소가 없고, 시설 장비도 부족한 공장이라고 들었습니다."

"운이 좋았던 모양이군. 무수히 제작하며 오류를 잡아가며 만든 제품이 아닐까. 가마솥만 있어도 만들 수 있는 게 포마드 크림이니, 의지만 있으면 해낼 수 있겠지."

"너무 폄하만 할 수는 없습니다. 이 펜슬형 용기를 보십시오. 솔직히 빈곤한 한국에 어울리는 용기는 아니잖습니까."

"그렇기는 하네. 신경을 쓴 부분이 역력해. 플라스틱으로 눈처럼 새하얀 유광을 낸다는 건 어려운 일이지."

실내에서 일본보다 몇 단계나 아래인 한국이라고 깔보던 시선이 사라졌다.

"인정할 건 인정해야겠지. 우리 눈앞에 떡하니 높은 품질의 화장품들이 있으니까."

이마무라 마사키가 작금의 사태를 받아들였다.

부정한다고 해서 사라지는 게 아니었다.

"맞습니다."

"심각하게 낮은 품질의 화장품들만 생산하던 한국 화장품 업계에서 놀라운 물건을 만들어 냈습니다."

"골든 이글보다 놀라운 건 바로 립글로스 오아시스야. 한국에서 아주 선풍적인 인기를 끌고 있다고 하더군."

21세기에는 자연스러운 제품이지만 1960년대의 립글로스는 아주 혁신적이었다. 그렇기에 립글로스 오아시스가 사회에 커다란 파장을 일으켰다.

"딱 봐도 외양부터 멋진 펜슬형 용기이잖습니까. 어떻게 만들었는지 살펴봐야겠습니다."

일본에서도 쉽게 볼 수 없는 아주 깔끔하면서 세련된 펜슬형 용기이다.

"아주 잘 만들어진 용기입니다."

니시다 요타로가 펜슬형 용기를 분해하기 시작했다.

그의 손길 아래에 펜슬형 용기의 부품들이 모습을 드러냈다.

"나름 정교하네. 정교한 부품들을 바탕으로 펜슬형 용기의 디자인을 아주 세련되게 뽑아냈어."

만년필을 연상케 하는 우아하면서 세련된 디자인도 사람들을 열광시키는 데 한몫했다.

"디자인까지 중시한다는 건 우리 회사를 모방하는 걸 수도 있습니다."

"그럴지도 모르지. 화장품에 있어서 아름다운 디자인이라는 건 결코 빠질 수 없는 거니까."

시세삼도는 디자인을 창업 초반부터 중요하게 생각해 왔다.

디자인만 전문적으로 다루는 선전부가 있다.

1926년 후하라 신조 회장이 직접 수십 명의 디자이너를 데리고 파리만국박람회를 참가했다는 건 아주 유명한 일화이다.

일찌감치 디자인에 눈을 뜬 회사이다.

그 덕분인지 시세삼도의 디자인 수준은 매우 탁월하였고, 세계적으로 인정받는 디자이너들도 여럿 배출했다.

오랜 세월 동안 노력하면서 만들어 낸 아름다운 시세삼

도의 디자인을 스카이 포레스트는 단번에 따라붙었다.

"디자인도 아름답고 멋있지만 작은 펜슬형 용기이기에 정밀하지 않으면 문제가 생길 수밖에 없습니다. 제가 볼 때 10분의 1밀리 이하의 오차여야만 문제없이 움직일 것처럼 보입니다."

"자네가 그렇다면 그런 거겠지."

유능한 니시다 요타로는 시세삼도의 핵심 연구원 가운데 한 명이었다.

쟁쟁한 실력을 가지고 있는 연구원으로 이번 방한에 따라왔다.

원래 방한 계획이 없었지만 한국 스카이 포레스트의 제품을 직접 확인하기 위해서 합류했다.

"립밤 자체는 그리 대단한 물건이 아닙니다. 밀랍을 녹여서 여러 화합물을 넣으면 만들 수 있는 단순한 물건이니까요. 립글로스 역시 마찬가지인데, 입술에 윤기를 준다는 부분이 독특합니다. 발상의 전환이라고 할 수 있죠."

"음! 딱히 그렇지만은 않아. 미국에 갔을 때 브라운관에서 연예인들이 입술에 바르던 걸 보았으니까. 그때는 그냥 입술이 반짝여서 신기하다고 가볍게 넘어갔지. 아쉽게도 일반인들이 대중적으로 이용한다는 생각을 미처 하지 못했어."

이마무라 마사키는 미국에서 유학하던 시절 립글로스

를 본 적이 있었다.

그는 시세삼도에서 전략적으로 키우고 있는 핵심 인재로 회장의 사촌이었다.

"세 가지 물건에는 공통점이 있습니다. 제작 공법이 아주 단순하다는 거죠. 배합 비율과 원재료들만 있으면 가마솥으로 뚝딱 만들 수 있는 제품들입니다. 돌아가서 연구하면 쉽게 따라 할 수 있을 것 같네요."

니시다 요타로가 말했다.

연구소의 장비들을 활용하여 분석하고 여러 차례 만들다보면 충분히 복제품을 만들어 낼 가능성이 높았다.

그 과정에서 얻어 낸 걸 토대로 보다 개선된 식물성 포마드 크림과 립글로스 생산이 가능했다.

"전략적으로 접근한 걸 수도 있습니다. 연구 설비와 첨단 장치가 부족하기에 제삭할 수 있는 최신의 제품을 내놓은 건지도 모릅니다. 가난한 자의 죽창이 날카롭게 부자의 배를 찌른 꼴이죠."

"가난한 자들이 항상 망하는 건 아니니까. 스카이 포레스트라…… 무시할 수만은 없겠어."

이마무라 마사키가 스카이 포레스트의 전략을 높게 평가했다.

기술이 부족하다는 사실에 절망하지 않고 노력하여 놀라운 제품을 만들어 낸다?

결코 쉽지 않은 일이다.

기적과도 같다.

방금 전까지만 해도 깔보고 무시하던 스카이 포레스트의 무게감이 확 달라졌다.

"앞의 물건들은 그저 아이디어가 좋은 물건에 불과합니다만 밀크는 다릅니다. 이건 세계 최초의 압도적이면서 대단한 물건입니다."

"느낌이 좋지 않습니다. 연구 인력과 첨단 장비가 뒷받침된다면 우리 시세삼도를 위협할지도 모르겠습니다."

니시다 요타로가 우려를 나타냈다.

"한국에서만 머물지 않고 미국으로 수출까지 하고 있는 지금 앞으로 더욱 끔찍한 일이 벌어질 수도 있습니다."

노미 카게의 말에 일순간 실내가 얼어붙었다.

생각하고도 싶지 않은 끔찍한 결과가 나올 수도 있었다.

"미국 외에 다른 나라에서도 분명히 팔리겠지?"

"네. 판매됩니다. 한국 제품이었다는 걸 모른다면 저 같은 경우 구매할 것 같네요."

매력적인 물건이라는 걸 니시다 요타로가 인정했다.

애인의 입술에 립글로스 오아시스를 발라 주고 싶었다.

반짝거리는 애인의 아름다운 입술을 원했다.

"흐음! 립글로스를 먼저 생산하여 시장을 선점했어야 했는데, 아쉽군."

이마무라 마사키가 안타까워했다.

일찌감치 보았던 립글로스의 성장 가능성을 알아보지 못한 걸 자책했다.

"늦지 않았습니다. 한국에서는 몰라도 일본에서는 우리가 우위를 차지할 수 있잖습니까."

"누가 뭐라고 해도 한국은 우리의 텃밭이잖아. 그런 텃밭이 망가지게 놔둘 수는 없으니까."

이마무라 마사키는 한국 시장을 이대로 방치하고 싶지 않았다.

시세삼도의 화장품이 많이 팔리는 국가들 가운데 한 곳이 바로 한국이다.

정식으로 수교를 맺지 않은 상태인데도 불구하고 한국과 일본을 오가는 많은 보따리상들이 엄청난 매출을 올려 주고 있다.

근래 들어서 식물성 포마드 크림의 매출이 눈에 띄게 줄어들고 있지만 말이다. 다른 화장품들도 전반적으로 훅훅 떨어져 나가고 있다.

"지금 문제가 되는 건 스카이 포레스트 회사야. 그쪽에 일찌감치 손을 써 두는 게 좋겠어. 함부로 크지 못하게 방해를 해야겠지."

이마무라 마사키가 비열한 속내를 드러냈다.
비열하다?
기업들의 다툼은 전쟁이나 마찬가지다.
총칼이 없을 뿐이지, 경제 전쟁이다.
상대를 쓰러뜨리기 위해서는 수단과 방법을 가리지 않아야 한다.
적어도 이마무라 마사키는 그렇게 생각했다.
"방법이 있습니까?"
"한국인들은 서로 시기하고 질투하기를 좋아하잖아. 근래 잘나가고 있으니까 분명히 손을 쓰려는 자가 있을 테지."
"있을까요?"
"없으면 옆에서 부채질하면 그만이야. 우리와 기술제휴를 원하는 론도 생활 화장품이 있잖은가."
"아! 일본자금이 들어간 론도그룹의 화장품 회사 말씀이시군요."
론도 생활 화장품!
론도 그룹의 화장품 계열사로 일본 자금을 바탕으로 만들어졌다.
일본경영업계와 친밀한 관계를 가진 걸로 잘 알려져 있다.
일본 기업들과 기술제휴를 활발히 벌이고 있으며, 공장

을 확장시키거나 땅을 사는 데 있어 일본 자금을 끌어들이고 있다.

"잘하면 싹을 자를 수 있겠네요."

"그렇지. 그리고 회사가 망해 버리면 인수할 수도 있지. 쓸 만하면 사장이라는 자를 직원으로 받아들여도 되겠고. 들어 보니 사장이 직접 제품들을 개발했다고 하더군. 사장이 놀라운 기적을 일으킨 당사자이지."

이마무라 마사키가 차준후를 직원으로 영입할 생각을 했다.

혁신적인 제품을 만들어 내는 사람이라면 시세삼도에서 요긴하게 사용할 수 있을 것 같았다.

단물을 쪽쪽 빨아먹는다고 할까.

차준후의 신제품들로 시세삼도를 세계에 우뚝 솟아오르게 할 수도 있었다.

"아휴, 한국인을 받아들이려고요? 그건 조금 내키지 않는데요."

니시다 요타로가 한숨을 크게 내쉬었다.

한국인과 함께 회사에 다닌다고 생각하니 기분이 별로였다.

한국인들을 업신여기는 일본인들이 적지 않았다.

특히 시세삼도는 일본 해군에서 약사 주임으로 일하던 창업주가 동료들과 함께 창업한 회사였기에 더 그런 경향이 심했다.

세계대전 와중에 대포를 닦는 크림을 일본군부에 제공하였고, 전쟁이 끝난 이후에는 일본 우익에 매년 엄청난 후원 금액을 제공하고 있다.

시세삼도는 일본의 전통적인 우익세력이다.

"뭘 그렇게 신경 쓰나. 편하게 실력 괜찮은 노예 한 명 데리고 있다고 생각하면 되잖아. 마구 부려 먹어 보자고."

"아! 그러면 편하겠네요. 노예의 성과는 주인의 것이니까요."

"맞아. 잘난 한국인을 우리 일본을 위해 일하게 만드는 거지."

"오오오! 감탄이 절로 나올 만큼 아주 훌륭한 생각입니다."

이마무라 마사키는 한국인들끼리 싸우도록 조장할 작정이었다.

기술 제휴와 자금 제공 등 론도 생활 화장품을 밀어주면 이제 막 성장하고 있는 스카이 포레스트를 무너뜨릴 수 있다고 판단했다.

"일단 회사를 망가뜨리고 도움의 손길을 줄 생각이야."

"물에 빠진 상태에서 구해 주면 눈물을 흘리며 감격하겠군요. 전무님을 은인으로 생각할 겁니다."

"사장이란 자를 이용하면 시세삼도의 명성을 쌓는 데

도움이 되겠네요. 잘난 능력을 우리 일본 회사를 위해 이용하는 게 당연한 일이고요."

"쉽지 않을 수도 있어. 한국인들은 우리 일본에 대해 강한 적개심을 가지고 있으니까."

이마무라 마사키가 우려하는 부분이었다.

"한국인들은 왜 그런지 모르겠습니다. 일제강점기 시절 수탈한 측면이 있기는 하지만 우리가 만들어 놓은 교육, 의료, 산업시설 등의 기반은 낙후된 한국의 여러 사회 기반을 몇 단계나 상승시켜 주지 않았습니까?"

"맞습니다. 한일수교를 하게 될 경우 엄청난 배상금을 요구하고 있다고 들었습니다. 너무 어처구니가 없더군요. 과거사를 빌미로 한몫 단단히 뜯어내겠다는 거잖습니까."

그들은 무작정 일본을 싫어하는 한국인들이 너무나도 혐오스러웠다.

"아무리 생각해도 악독한 지배까지는 아니었잖아. 그러니까 한국 정치인과 경제인들이 우리 일본과의 관계가 회복되길 간절히 원하는 거고. 과거사에 연연하지 말고 밝은 미래를 위해 다양한 분야에서 협력과 교류를 하며 양국 간에 이득을 볼 수 있게 만들어야 현명한 거지. 아무튼 어리석은 한국인들이야."

철저히 가해자의 입장에 선 주장이다.

한국인들 입장에서는 환장할 이야기였다.

일본인들 가운데 적지 않은 수가 왜곡된 우익적 사상에 물들어 있었다.

가해자의 사상을 가진 일본인들이 스카이 포레스트를 노렸다.

"작업을 해 보자고."

호텔에서 스카이 포레스트와 차준후를 향한 시세삼도의 음흉한 계획이 피어올랐다.

* * *

김포 공항.

노스웨스트 항공기가 굉음을 지르면서 활주로에 미끄러지다가 멈췄고, 비행기 트랩에서 승객들이 내렸다.

"여기가 한국이군요."

금발의 미녀 실비아 디온이 신기하다는 듯 두리번거렸다.

생전 처음 밟는 한국 땅이었다.

김포 공항에는 스카이 포레스트 직원들이 나와 있었다. 가장 앞에 손을 들고 마구 흔들고 있는 문상진이 보였다.

"한국에 온 걸 환영합니다."

차준후는 긴 비행으로 피곤했지만 안전하게 도착해서 고국 땅을 밟았다는 사실만으로도 고단함이 가셨다.
"사장님, 여기입니다."
"돌아오신 걸 환영합니다."
직원들은 귀국 소식을 듣고 비행기가 도착하기를 기다리고 있었던 것이다.
'천재 차준후 사장님의 귀국을 환영합니다.'
붓으로 큼직하게 쓴 현수막을 들고 양쪽에서 들고 있는 사람들을 보면서 차준후가 웃었다.
직원들의 열렬한 환대를 받고 있으니 비로소 한국에 돌아왔다는 게 실감이 났다.
사무적이던 미국 직원들과 달리 한국 직원들은 따뜻하게 다가서고 있었다.
정이 넘쳤다.
형식적인 걸 싫어하는 차준후였지만 따뜻하게 환영해 주는 직원들을 보자 마음이 절로 즐거워졌다.
"나오지 않으셔도 됐는데요."
"무슨 말씀이십니까. 회사 문을 닫고서라도 와야죠."
"그건 아니고요. 회사는 일을 해야죠."
"저기…… 옆에 계신 분은 비서실장님인가요?"
"안녕하세요. 실비아 디온 비서실장이에요."
"어라! 한국말을 하시네요?"

"한국에 올지 몰라서 공부했어요. 아직 어색해요."

실비아 디온의 한국말은 다소 말투가 짧기는 했지만 알아듣는 데에는 무리가 없었다.

그녀는 스카이 포레스트에 취직하고 난 뒤 한국어를 배웠으니, 그 기간이 무척 짧았는데도 불구하고 엄청난 능력을 보여 주고 있었다.

직원들이 서양적인 매력을 발산하고 있는 금발 미녀 실비아 디온을 힐끔힐끔 바라보았다.

"문상진 전무입니다. 소문대로 대단한 비서실장님을 만나서 기쁩니다."

"앞으로 잘 부탁드려요."

두 사람이 서로 인사하며 웃고 있었다.

"별일은 없었습니까?"

차준후가 물었다.

미국에 머물면서도 그간 편지와 신문 등을 받아 국내 상황을 파악하고 있었다. 그러나 서신 왕래를 통해서 모든 걸 알기에는 부족함이 많았다.

"별일이 많았죠. 가시죠. 차를 타고 가면서 보고드리겠습니다."

일행이 차를 타고 공항을 벗어나 서울 시내로 들어섰다.

"본격적으로 제조업 유통 회사, SF 유통의 판매망 구축에 힘을 쏟고 있습니다."

제조업 유통 회사의 브랜드 명칭이 SF 유통으로 확정됐다. 모든 지분을 스카이 포레스트와 차준후가 가지고 있으니 어찌 보면 당연한 일이었다.

"순조롭습니까?"

"영업소마다 30명 전후의 판매원을 뽑았으며, 판매원 한 사람은 대략 200가구를 담당하며 영업할 수 있도록 교육을 시키고 있습니다."

"그 정도면 적당하겠군요. 직원들이 과하게 일하지 않도록 항상 유념하셔야 합니다."

한 푼이라도 더 벌고 싶어 하는 직원들이 일을 더 못해서 안달이었다.

아침부터 밤늦게까지 일하면 300가구 정도 감당이 가능하다. 원래 오대양은 판매원들에게 300가구 영업을 맡겼었다.

그러나 차준후는 판매원들의 고된 노동을 원하지 않았기에 직원들을 더 뽑고, 영업할 수 있는 영역을 축소시켰다.

"판매원들을 교육하고 훈련시키면서 근로 시간 외에 일하지 말라고 당부하고 있으며, 자신의 영역 밖의 지역 침범에 조심하라고 주의를 주고 있습니다."

구역 준수는 차준후가 강조한 원칙이었다.

판매원들 사이의 판매 경쟁을 방지하고, 질서를 바로잡기 위해 구역제를 강력하게 실시했다.

구역제는 방문 판매에 있어 꼭 필요한 정책이었다.
모집한 판매원들을 교육시키는 과정이 수월하지만은 않았다.
방문 판매에 대한 이해가 부족했고, 여성의 사회적 진출에 대한 보수적 사회 인식이 아직도 뿌리 깊게 박혀 있었기 때문이었다.
"교육은 잘되고 있나요?"
"화장품 지식, 고객에 대한 서비스 정신, 미용법, 마사지 등 전반적으로 교육시키고 있습니다."
"사회적으로 긍정적 인식을 가질 수 있도록 여론에 신경 쓰셔야 합니다. 여론이 좋아져야 여성들의 사회적 참여가 늘어납니다. 그것이 결국 회사의 매출로 이어지게 되고요."
차준후는 이번 방문 판매 조직망 구축과 인력 교육에 많은 신경을 쓰고 있었다.
탄탄하면서 촘촘한 조직망과 건실한 유통 체계를 만들기 위해서는 각별한 관심과 노력, 그리고 막대한 자금이 필요했다.
방문 판매 계획의 시작과 끝에 차준후가 있었다.
오대양의 고속 성장을 이끈 방문 판매를 성공시키기 위해서는 신경 써야 할 곳이 너무 많았다.
차량에서 뒷좌석의 차준후와 보조석의 문상진이 나지

막이 대화를 하는 와중에 실비아 디온은 창문 밖으로 보이는 서울 풍경을 살폈다.

호기심이 어린 눈초리였다.

그런데 천재 차준후를 품고 있는 한국에 대한 기대가 너무 컸었을까?

국가의 수도인 서울에서 느껴지는 분위기는 황량하기 그지없었다.

남루한 옷을 걸친 아이들이 흙길을 돌아다니고 있었고, 등 뒤로 거대한 망태기를 든 한쪽 팔 없는 사람이 집게로 폐지를 주웠고, 아주머니들이 머리 위에 물통을 이고 돌아다녔다.

미국 빈민촌인 슬럼가의 삶과도 비교할 수 없을 정도로 너무 딱하고 비참한 광경이었다.

흥미롭게 한국을 바라보던 그녀의 두 눈에서 어느새 눈물이 흘러나왔다.

화려하고 부유하게 살아온 그녀는 빈곤이 주는 비참하고 슬픈 광경을 목격하고서 큰 충격을 받고 말았다.

"여기요."

차준후가 손수건을 건네줬다.

"흐윽! 흑!"

실비아 디온이 흐느꼈다.

가난한 현실이 매우 비현실적으로 느껴졌다.

울음소리 울리는 차 안이 머리카락 떨어지는 소리까지 들릴 정도로 적막감에 휩싸였다.
 차츰 울음소리가 잦아들었다.
 "최빈국이라고 듣기는 했지만 정말 믿어지지 않을 만큼 참담한 모습이에요."
 "충격받았나요? 그래도 지금 보이는 저들은 나은 겁니다."
 "네?"
 "서울을 벗어나면 더욱 참담합니다."
 서울은 그나마 형편이 좋은 편이었다.
 서울 변두리 그리고 서울을 벗어나면 밥조차 제대로 먹지 못해서 고생하고 있는 사람들이 많았다.
 밥 먹었냐는 인사말이 괜히 나온 게 아니다.
 "대체 왜 이런 거죠?"
 "일제강점기 시절의 가혹한 수탈이 있었고, 동족상잔의 비극으로 그나마 있던 기반도 모두 잿더미가 되었습니다. 먹고살기도 힘든 사람들이 많습니다."
 "너무 비참한 삶이잖아요."
 "제가 미국에 머물지 않고 귀국한 이유는 대한민국의 경제를 부흥시키기 위함입니다."
 차준후는 자신이 일으킨 사태로 인한 변화 추이와 그것이 경제에 미치는 파장이 무엇인지 알아야만 했다.

한국에서 직접 파악하는 것이 가장 정확했다.

여러 가지 요인들이 있었지만 그것 때문에 서둘러 귀국한 측면이 강했다.

혼란스러운 정국은 바로잡히지 않고 더욱 불안의 수렁으로 빠져들었다.

차준후는 한 걸음 떨어진 객관적인 위치에서 정국을 바라보며 산업기반을 일으키고 싶었다.

만만치 않은 일이었다.

정국이 어디로 흘러갈지 한 치 앞도 보이지 않을 정도로 혼탁했으니까.

"최선을 다해 도울게요."

실비아 디온이 차준후의 손 위에 자신의 작은 손을 포개었다.

이제야 차준후를 이해할 수 있었다.

저토록 뛰어난 능력을 가지고도 미국에 머물지 않고 고국으로 돌아온 이유를 알게 됐다.

홀로 잘 나가는 데 멈추지 않고 국가의 동량이 되고 싶은 사내의 포부!

절로 고개가 숙여졌다.

사업적인 부분과 천재적인 능력보다 고국을 위하는 마음가짐에 더욱 존경심이 생겼다.

방문 판매

 천하일보 일면을 꽉 채운 기사가 대대적으로 보도됐다.
 항상 스카이 포레스트에 관심을 기울이고 있던 이하은 기자의 특종이였다.
 이미 대한민국에서 모르는 사람이 없었으나, 미국을 들썩이게 했던 차준후의 귀국 기사는 국민들의 관심을 받기에 충분했다.
 신문 가판대에는 사람들이 모여들었고, 기사를 읽는 사람들의 입가에는 미소가 피어났다.
 ‒ 드디어 돌아왔구나.
 ‒ 다행히 공항에서 계란을 맞지는 않은 모양이네?
 ‒ 왜 계란을 맞아야 하는데?
 ‒ 내가 아는 어르신께서 여자들에게 짧은 치마 입혔다

고 썩은 계란을 투척한다고 하셨어.

 ─ 미쳤네.

 ─ 한국인이 새로운 유행을 일으킨 거잖아. 미국에서는 그 짧은 옷, 미니스커트에 아주 푹 빠졌다고 하더라.

 ─ 상을 줘도 모자랄 판국에 무슨 썩은 계란이야? 어르신에게 제발 정신 차리라고 말해 줘.

 ─ 말했다가 회초리 맞을 뻔했다. 말이 안 통해.

 ─ 어르신을 이해해 봐. 요즘 들어 짧은 치마를 입는 여자들이 조금씩 보이고 있잖아.

 ─ 유명한 차준후 대표가 개발해 낸 화제의 미니스커트니까, 패션을 아는 여자들이 입고 다니더라.

 ─ 미국과 유럽에서 유행하는 미니스커트이니까. 당연한 거지.

미국에서 유행하던 미니스커트를 소수의 여배우와 여가수들이 입기 시작했다. 그간 한국에 존재하지 않았던 미니스커트의 등장이었다.

미니스커트의 엄청난 충격이 한국을 강타했다.

여배우들에게 비난이 쏟아졌는데, 그 비난의 종착지는 차준후였다.

 ─ 이번에 새로운 사업을 펼친다고 하더라.

 ─ 무슨 사업?

 ─ 방문 판매라고 하던데?

- 그게 뭐야?
- 집에까지 찾아와서 화장품을 판매한다고 이야기하고 있어. 내가 아는 전쟁미망인이 있는데, 지금 천림에서 교육을 받고 있거든. 앞으로는 자기에게 화장품을 사라고 하더라.
- 하늘숲까지 가지 않아도 돼서 편하겠다.
- 괜찮아 보이더라고. 방문 판매에서만 다루는 전용제품들이 있다고 했어.
- 의류까지 진출한다고 들었어.
- 옷?
- 미싱사와 견습공, 재단사 등을 대대적으로 모집한다고 지금 업계가 난리야.
- 하늘숲은 진짜 여러 사업들을 하는구나.
- 미국에서도 의류 사업을 하잖아. 그러니까 충분히 진출할 수 있는 이야기지. 사장을 비롯한 사람들은 싫어하는데, 작업자들은 천림의 진출을 크게 반기고 있어.
- 다른 업계도 마찬가지지만 제봉업계가 무척 열악하지 않나?
- 내가 저번에 옷을 구매하기 위해 가 봤는데, 엄청 열악하더라고. 심하게 말하면 가축우리와 비슷했어. 스카이포레스트가 하면 기존 제봉업체들과는 아예 다르겠지.
- 이번에도 많은 직원들을 새롭게 모집하겠네? 지원해

서 꼭 합격해야겠다.

사람들이 가판대에 모여서 각기 다른 표정으로 스카이 포레스트와 차준후에 대한 이야기를 나누었다.

오래 지나지 않아서 차준후의 귀국 소식과 함께 스카이 포레스트의 새로운 사업들의 엄청난 소식들까지 국민들에게 전해졌다.

이번 신사업에 대한 해석은 여러 가지였다.

이에 크고 작은 업체들이 소식의 진위를 파악했고, 어떻게 대응해야 하는지 고민했다.

특히 성삼모직의 발등에 불이 떨어졌고, 회사는 발칵 뒤집혔다.

그렇지 않아도 스카이 포레스트와 관계가 좋지 않은데, 이번 일로 더욱 악화가 될 수 있었기 때문이었다.

미국에서 뜯어낸 엄청난 장비들이 국내에 들어오게 되면 방직 업계 1위인 그들의 위치가 흔들릴 수밖에 없었다.

다른 기업들과는 사이좋게 지내고 있는 스카이 포레스트가 이상하게도 성삼그룹 쪽만 냉담하게 대응했다.

충분히 다른 업종으로 진출할 수 있는 역량과 자본 등을 가지고 있으면서도 스카이 포레스트는 될 수 있으면 화장품에만 집중하려는 모양새였다.

성삼그룹에서는 스카이 포레스트에 사람을 보내어서 의류와 방직 쪽 진출에 대한 이야기를 나눠야 하는지 진지하게 고민해야만 했다.

일찍부터 냉담했던 관계를 정상화했어야 한다는 반성이 튀어나왔고, 스카이 포레스트와 잘 지내야 한다는 이야기들이 튀어나왔다.

긴밀하게 협력관계를 구축할 수 있다면 성삼그룹에도 엄청난 기회로 작용할 수 있었다.

차준후는 자신의 경험과 깨달음, 이익 등을 협력업체들과 나누곤 했기 때문이었다.

차준후가 귀국한 게 바로 어제였다.

그런데 하루가 채 지나지 않아서 업계와 여러 기업들에게 많은 문제를 던져 줬다.

* * *

"본사에 가면 대표님을 볼 수 있을까?"
"전국의 모든 판매원들이 모이고 있는 거니까, 볼 수 있을 것도 같다."
"한번 보고 싶다. 그래도 우리를 채용해 준 차준후 대표님이잖아."
"고마우신 분이지. 그분 덕분에 제대로 먹고살 수 있게 됐어."
"교육을 받는 견습인데도 불구하고 기본급이 어지간한

공장 근로자들보다 많을 줄 몰랐어."

"스카이 포레스트는 원래부터 기본 월급이 엄청나다는 사실을 나는 알고 있었지. 그래서 미친 듯이 판매원이 되려고 노력을 했던 거고. 기본급만 해도 대단한데, 더욱 놀라운 건 수당이 엄청나다는 사실이야."

방문 판매 사원들을 실은 수많은 버스들이 줄지어서 용산 스카이 포레스트를 향해 이동하고 있었다.

'대구에 살던 내가 서울 구경을 와 보는구나.'

창문 밖으로 보이는 풍경을 바라보는 삼십 대의 팽완숙은 남편이 죽고 난 뒤 단 번도 편안하게 쉰 적이 없었다.

전쟁에 끌려간 남편의 소식은 전사 통지서로 돌아왔다.

당시 3살, 5살, 7살, 세 아이의 엄마였기에 슬퍼할 겨를도 없었다. 먹고살기 위해서는 악착같이 일을 해야만 하는 실정이었다.

삯바느질, 폐지 줍기, 시장에서 좌판을 깔고 생선 팔기 등 닥치는 대로 일했지만, 가정 형편은 점점 어려워져 갔다.

먹고살기가 힘들었고, 월사금 등 돈 때문에 아이들을 학교에 제대로 보내지 못해 엄마로서 속이 문드러졌다.

시댁과 친정의 형편이 어려웠기에 손을 벌릴 형편이 되지 못했다.

그러던 그녀에게도 한 줄기 광명이 비쳤다.

SF 유통의 판매원으로 뽑혔기 때문이었다.

판매원들은 교육원에서 교육을 받아야만 했는데, 팽완숙은 가르쳐 주는 걸 혼신을 힘을 다하여 배웠다.
 언어와 예절, 마사지, 화장법 등 다양한 교육을 받았다.
 미용 상식에서부터 화장품 원료 등을 배워서 필기 시험까지 봤다.
 피부별 맞춤 메이크업, 경락 마사지, 네일 아트 등의 실기시험 과정까지 있었다.
 수많은 체계적인 교육으로 인해 판매원들이 배움에 어려움을 겪기도 했다.
 팽완숙은 어렵게 살아온 만큼 이번 기회를 놓치지 않기 위해 미친 듯이 배웠다.
 가난에서 탈출하여 가족 모두가 잘살기 위한 눈물겨운 노력의 흔적이었다.
 작고 별것 아닌 것을 무시하지 않고 집에 가서도 자신의 것으로 만들기 위해 노력했다.
 가볍게 여기지 않고, 적극적으로 배우기를 원했다.
 행상과 노점을 해 봤던 경험은 간단해 보이는 기술들이 결코 가볍지 않다는 걸 알게 해 줬다.
 지식과 기술 등이 돈을 버는 성취를 이루게 할 뿐만 아니라 큰 밑천이 된다는 걸 알았기에 허투루 대하지 않았다.
 '감사합니다. 정말 감사합니다. 열심히 하겠습니다.'
 창문 밖으로 스카이 포레스트 정문이 보였다.

버스들이 활짝 열린 정문을 통과해서 아스팔트가 깔린 깔끔한 주차장에 주차됐다.

"스카이 포레스트에 오신 걸 환영합니다."

차준후가 차량에서 내리는 판매원들을 반겼다.

아무리 우수한 조직 체계를 갖추고 있다고 해도 그 중심은 사람이다.

특히 방문 판매는 사람이 중요했다.

교육에서 이런 사실을 강조해서 가르쳤는데, 차준후는 직접 그런 사실을 실천하고 있었다.

방문 판매의 성공 핵심은 우수한 판매원을 얼마나 많이 확보하느냐에 달려 있었다.

그래서 바쁜 와중에도 불구하고 방문 판매원들을 맞이하기 위해 직접 나섰다.

"어? 저분은?"

"대표님이다."

"사장님이 직접 나오셨어."

판매원들이 놀랐다.

차준후를 만날 수 있을지도 모른다고 기대했지만, 주차장에서부터 직접 맞이해 준다고는 상상조차 하지 못했다.

"먼 길 오느라 고생하셨습니다. 식사부터 하시고 일을 진행하겠습니다."

차준후가 판매원들을 대강당으로 이끌었다.

대강당에는 용산 인근의 식당에게 공수해 온 요리들이 테이블 위에 잔뜩 펼쳐져 있었다.

끼니 걱정을 하는 시대, 모두가 가난한 시절이었다.

스카이 포레스트에 취직을 했다고는 하지만 아직까지 판매원들의 가정 형편이 쫙 펴지지는 않았다.

"소고기도 있어."

"저건 말로만 듣던 치즈돈가스인가 보다. 사장님이 좋아하신다고 들었어."

"잔칫날에만 먹는 음식들이야."

차준후는 판매원들을 지극정성으로 대접했다.

이제 방문 판매를 하는 날이 코앞으로 다가왔다.

화장품 판매원에 대한 일반인의 인식을 획기적으로 받아들이게 할 방법이 필요했다.

책 전집을 비롯한 방문 판매를 업으로 삼는 판매원들이 있었는데, 이 사람들의 인식은 좋은 편이 아니었다.

무리한 강압 판매와 사기 등 갖은 구설수 등으로 방문 판매원들의 인식이 바닥을 치고 있었다.

"방문 판매원들은 스카이 포레스트의 얼굴이나 마찬가지입니다. 그런 분들을 위한 선물을 준비했습니다."

차준후는 판매원들에게 가죽으로 된 비싸 보이는 가방을 선물했다.

"가방이 선물이라고요?"

"화장품을 넣고 다닐 수 있는 가방입니다."

판매원들이 가방을 받았다.

화장품을 가득 넣으면 묵직해지는 가방은 이제 판매원들과 함께할 소중한 동반자였다.

판매원들은 용산 본사를 찾아오는 특별한 날이기에 가장 좋은 옷으로 단정한 옷차림을 하고 나왔다. 그럼에도 불구하고 남루한 기색을 감출 수 없었다.

"앞으로 회사에서는 여러분들에게 매년 네 벌의 옷과 구두 두 켤레를 정기적으로 지급할 계획입니다. 근무 복장인 것이죠."

차준후는 방문 판매에 대한 세심한 노력을 기울이고 있었다.

방문 판매원들이 남루한 옷차림이 아닌 세련된 모습으로 돌아다니면서 스카이 포레스트를 광고하기를 원했다.

돌아다니는 판매원들은 그 자체로 광고판이나 마찬가지였다.

화장품 방문 판매업은 이제 막 성장하는 분야이기 때문에 사람들에게 잘 보이는 것이 무엇보다 중요했다.

판매원들이 아름답게 보일 수 있도록 아낌없는 지원을 지속적으로 펼칠 계획이었다.

단정한 정장 차림에 구두를 신고 다닐 수 있게 판매원들의 복장에 신경을 쓰겠다는 것이었다.

"대표님! 최고예요."

"사장님! 고맙게 입겠습니다."

세련된 옷을 입고 멋들어지게 보일 수 있게 회사에서 물품을 지급해 준다는 정책에 판매원들이 환호했다.

동복 2벌, 하복 2벌, 구두, 가방, 화장품 등 머리부터 발끝까지 판매원들의 외양을 꼼꼼하게 신경 쓰겠다는 정책이었다.

"우와! 옷 정말 좋다."

"내가 이런 옷을 입어 볼 줄은 몰랐어."

"국산 원단으로 만든 게 아니야. 미국 수입 원단으로 만든 옷이야."

"이걸 밖에서 맞추려면 석 달 치 월급이 그냥 날아가잖아. 비싼 옷을 네 벌이나 준다고? 다른 공장 근로자의 일 년 치 월급이 날아가는 이야기야."

정장과 구두를 맞추고 있는 판매원 여인들의 입에서 연신 웃음이 떠나지를 않았다.

근무복이라고 해서 획일적으로 만들어진 것이 아니었다.

스카이 포레스트 공장 옆에 SF 패션이라는 건물이 새롭게 위치하고 있었고, 그 안에는 세련되어 보이는 의류들이 즐비하게 진열되어 있었다.

SF 패션.

정장과 구두 등 패션에 관련된 물품들을 판매하는 스카

이 포레스트의 새로운 계열사이다.

 여인들이 물 만난 물고기처럼 돌아다니며 그 가운데 마음에 드는 옷들을 골라 입었다.

 남루한 옷차림 판매원들이 수입 원단으로 된 SF 패션의 옷을 입었다.

 그녀들의 모습이 한순간에 멋진 커리어 우먼으로 바뀌어 버렸다.

 옷이 날개였다.

 띵동! 띵동!

 세련된 옷차림을 한 채 손에 묵직한 가방을 든 팽완숙이 초인종을 눌렀다.

 "누구세요?"

 스피커에서 젊은 여자의 음성이 흘러나왔다.

 "스카이 포레스트에서 나왔어요. 저번에 인사드린 방문 판매원 팽완숙이에요."

 "아! 아주머니께서 기다리고 있었어요. 들어오세요."

 식모살이하고 있는 여자가 팽완숙을 반겼다.

 살만하다 싶은 집안에서는 직접 손에 물을 묻히지 않고 식모들을 고용하고 있었다.

 어린 시골 처자들이 도시로 식모살이하러 많이 오고 있는 추세였다.

 남의 집에 살면서 고된 노동을 하는 식모들이었지만 손

에 줄 수 있는 돈은 많지 않았다.

 입에 풀칠만 겨우 면할 수 있는 수준의 품삯만 고용주들이 식모들에게 지불했다.

 이 시대 가난한 사람들의 인건비는 무척 박했다.

 3층으로 지어진 현대식 건물은 대구에서 땅과 건물 등을 제법 가지고 있는 유지의 집안이었다.

 팽완숙이 맡고 있는 영업 지역 가운데 가장 잘사는 집안 가운데 한 곳이었다.

 일찌감치 영업 지역을 돌아다니면서 가구 수와 유동 인구, 살림살이 등을 파악하기 위해 노력했다.

 시장 조사에 열을 올린 것이다.

 교육을 통해 사전 조사가 얼마나 중요한지 배웠고, 그런 노력 덕분에 지역 유지 가운데 한 곳과 거래를 틀 수 있었다.

 "어서 오세요."

 "안녕하세요, 사모님."

 팽완숙은 두근거리는 심장을 주체할 수 없었다.

 방문 판매업 첫날이었고, 처음으로 영업을 뛰는 장소가 바로 이곳이었다.

 잘 꾸며진 고급스러운 실내가 한눈에 들어왔다.

 비싸다는 텔레비전이 거실 중앙에 위치하고 있었고, 에어컨까지 벽에 달려 있었다.

"오신다고 해서 친구들과 함께 기다리고 있었어요. 괜찮죠?"

중년 여인이 웃으며 물었다.

지역 유지 집안의 여인답게 차려입은 모양새가 세련되었는데, 소파에 앉아서 고개를 쭉 내밀고 있는 친구 세 명도 그녀에 비해서 부족하지 않았다.

모두가 잘나가는 집안의 여인들이었다.

"물론이죠. 제가 특별히 사모님과 친구분들을 위해서 경락 마사지와 메이크업을 준비했어요."

팽완숙이 한쪽에 내려놓은 가방에서 화장품을 꺼내 들었다.

"사모님, 여기 누워 보세요. 교육원에서 배운 얼굴 경락 마사지를 해 드릴게요."

"얼굴 경락 마사지요?"

여인이 냉큼 누우면서 물었다.

"오늘 해 드리는 건 림프 마사지라고 해요. 하루에 3분씩 집에서 꾸준하게 하면 얼굴이 작아지는 효과가 있어서 정말 예뻐져요."

"지금 선혜 얼굴에 바르는 건 뭔가요?"

"이번에 스카이 포레스트에서 나온 신상품으로, 알로에 성분을 가지고 있는 방문 판매 전용 크림이에요. 크림이나 알로에젤을 바르고 마사지를 하셔야 얼굴에 자극이 적게 가요. 얼굴 경락 마사지는 얼굴 턱 라인을 뚜렷하게 만들어 주고 혈액 순환을 촉진시켜 얼굴이 작아 보이거나 비대칭 개선에 도움이 돼요."

팽완숙이 달달 외우고 있던 지식을 풀어 놓았다.

"방문 판매 전용 크림이면, 백화점에 가서는 구입이 불가능하겠네요?"

"방문 판매원에게만 구매가 가능한 제품이에요. 사모님, 혹시 오른쪽으로 음식을 씹는 습관을 가지고 계신가요?"

팽완숙은 소파에 앉은 여인들의 질문에 대답하면서도 박선혜의 얼굴에 집중하고 있었다.

"어머, 어떻게 알았어요?"

"오른쪽 하관이 왼쪽보다 약간 발달되어 있어요."

팽완숙이 손가락에 힘을 줘서 여인의 하관을 꾹꾹 눌렀다.

"약간 비대칭이라서 평소 신경을 쓰고 있어요."

나이가 들면서 점점 얼굴 대칭이 안 맞는다는 생각을 부쩍 가지고 있는 박선혜였다.

평소 고민이 많았지만, 안면 비대칭을 바로잡을 수 있을 거라곤 생각지도 못했다.

"경락 마사지를 통해 균형 있는 얼굴형으로 관리하시는 게 가능해요."

"정말요?"

"제가 오늘 알려 드리고 갈 테니까, 꾸준하게 관리하시면 효과를 보실 거예요."

"아! 시원해. 얼굴이 노곤해지는 기분이에요."

"혹시라도 아프시면 이야기해 주세요. 노폐물이 쌓여 있는 림프를 자극하다 보면 아프실 수도 있어요."

"괜찮아요. 더 꾹꾹 눌러 주세요. 비대칭이 잡혀서 예뻐질 수 있다면 아픔 따위는 버텨야죠."

반응 좋은 고객 덕분에 팽완숙은 수월하게 적극적으로 경락마사지를 할 수 있었다. 전체적인 얼굴 균형을 맞춰 주기 위해 심혈을 기울였다.

균형 관리, 라인 관리, 두상 관리, 얼굴 관리 순으로 경락마사지를 진행했다.

"사모님, 다 됐어요."

"정말 시원하고 편했어요."

"여기 거울 한 번 보시겠어요?"

"어머! 정말 균형이 잡혔어."

거울을 통해 살펴본 박선혜의 입에서 감탄성이 튀어나왔다.

전체적으로 일그러져서 불편했던 얼굴의 균형이 시원하게 잡혀 있었다.

"선혜야! 보기 좋다. 무너졌던 턱선이 다시금 날렵하게 살아났어."

턱선이 살아나면서 전체적으로 얼굴선이 또렷해지면서

박선혜의 미모가 살아났다.

화장품을 곁들인 얼굴 관리를 받아서인지 피부도 살아나고, 피부결도 부드럽고 매끄러진 느낌이었다.

"이번에는 내가 받아 볼래."

"내가 먼저. 찬물도 위아래가 있는 법이야. 요즘 들어 얼굴이 건조하고 많이 부어서 피부에 생기도 없어서 고민이었단 말이야."

친구들이 경락마사지가 보여 준 놀라운 광경에 야단법석을 떨어댔다.

"얼굴 경락은 받는 대로 티가 나요. 주기적으로 관리하시면 얼굴 균형을 지금보다 잘 잡으실 수 있어요."

"꾸준하게 관리해 주실 수 있나요? 관리해 주실 때마다 화장품을 잔뜩 구매할게요."

박선혜가 거래를 제안했다.

직접 관리하는 것보다 다른 사람의 도움을 받는 걸 선호했다.

아름다워 보이기 위해 방문 판매원 팽완숙을 통해 꾸준하게 관리할 생각이었다.

원래 스카이 포레스트 화장품을 구매하기 위해 방문 판매원을 집 안으로 들였는데, 경락 마사지는 아주 만족스럽고 좋았다.

어떻게 보면 화장품보다 더욱 그녀에게 필요한 건 경락

마사지였다.

"물론이죠, 사모님. 꼼꼼하고 체계적인 관리로 모실게요."

팽완숙은 처음 방문한 가정집에서 박선혜와 친구들을 상대로 엄청난 양의 화장품을 팔아치웠다.

이런 상황을 팽완숙뿐만 아니라 많은 방문 판매원들이 겪고 있었다.

물건을 사러 나가는 것조차 마땅치 않은 시기였다.

백화점이나 상점을 나가기 위해서는 바쁜 시간을 빼내서 움직여야 하는데, 스카이 포레스트 방문 판매원의 등장은 여성들에게 큰 호응을 얻어 냈다.

단순히 화장품만 판매하는 것이 아니었다.

매일 아침 온갖 세상의 이야기들을 고객들에게 전해 줬고, 기본적으로 현금 구매가 원칙이었지만 형편이 어려운 여인들에게는 외상을 주는 것도 허용됐다.

원래 역사에서 1964년 9월에 시행됐어야 할 오대양 방문 판매 정책이 차준후의 손에 의해 1960년 말에 전격적으로 펼쳐졌다.

방문 판매 사원들만 팔 수 있는 전용 제품이 있었기에 백화점이나 직영점 등을 가는 손님들까지 구매 고객으로 등장했다.

스카이 포레스트에서는 방문 판매 사원들은 상담전문

가인 카운슬러라고 지칭하고 있었고, 어느덧 방문 판매원이라는 말보다 카운슬러라는 표현이 대한민국에 떠돌았다.

 가정집을 방문하는 대부분의 방문 판매원들은 무시당하기 일쑤였지만, 정장과 구두를 차려입은 말끔한 카운슬러들은 대우가 달랐다.

 여성들이 있는 가정집에서 초인종을 누르면 과장을 조금 보태 버선발로 뛰어나와 반겨 줬다.

 스카이 포레스트의 신사업은 SF 유통은 이번에도 커다란 성공을 일궈 냈다.

* * *

"정찰제를 유지해야 합니다. 제품을 많이 판매하려고 가격을 깎아 주고 있다는 이야기가 들려오고 있습니다."

 차준후가 방문 판매의 뼈대를 세우기 위해 꾸준한 관심을 기울였다.

 시대를 앞서 나간 정책이었기에 여기저기 직접 손봐야 할 곳이 많았다.

 판매 수당이 있다 보니 카운슬러들 사이에서 더 많은 화장품을 판매하기 위한 경쟁이 일어났고, 각종 불협화음이 튀어나왔다.

"교육을 시키고 있습니다만 적발해 내기 어려운 측면이 있습니다."

문상진도 이번 일의 심각성을 알고 있었지만, 카운슬러와 직접 대면하는 구매 고객들이 모두 입을 다물어 버리고 있었기 때문에 곤혹스러웠다.

"가격 유지에 실패하면 방문 판매뿐만 아니라 직영점 운영에도 심각한 타격을 받을 수 있습니다. 방문 판매, 정찰 판매, 구역 준수의 3대 원칙은 어떠한 경우에도 지켜져야 합니다."

카운슬러는 방문 판매로만 물건 판매가 가능했고, 정해 놓은 가격에서 어떤 경우에도 깎아 주는 것이 불가능했으며, 구역을 벗어난 거래도 불가능했다.

삼대 원칙 가운데 가장 지켜지지 않는 게 바로 정찰제였다.

이 당시는 이른바 고무줄 가격이었고, 정찰제를 시행하는 기업은 전무하다시피 했다.

전국 어디에서나 똑같은 가격인 정찰 판매 원칙을 고수하는 스카이 포레스트가 특이한 경우였다.

대표인 차준후는 정찰 판매를 고수하고 있었지만, 일선에서 일하고 있는 카운슬러와 고객들에게는 정찰제에 대한 인식이 부족했다.

고무줄 가격에 익숙한 소비자들은 정찰 판매라는 이야

기에 혼란스러워했다.

심지어 깎아 주지 않는다고 욕하는 사람들까지 있었다.

대한민국에서 정찰제는 시기상조인 측면도 분명히 존재했다.

"다시 한번 철저하게 교육시키겠습니다."

"정찰제는 스카이 포레스트의 품위를 지켜 주는 방패이면서 카운슬러들에게 적정 마진을 보장해 주는 길이기도 합니다. 정찰제가 무너지면 방문 판매업 자체가 흔들릴 수 있습니다."

정찰제를 해야만 하는 이유를 카운슬러들에게 끊임없이 교육시켜 나갔다.

회사와 카운슬러, 소비자 모두를 위한 정찰 판매 제도였다.

"신용 판매는 어떻습니까?"

"기존에 우리 제품을 이용하기 위해서는 항상 현금을 내야만 했는데, 외상으로 구매가 가능해지면서 고객들의 반응이 매우 좋습니다."

"과도한 외상 거래는 지양하게 만들어야 합니다. 구매 고객의 가정 형편과 월급 등을 잘 살펴 가면서 신용 거래할 수 있도록 해 주세요."

IMF를 겪어 봤기에 신용 판매의 무서움을 누구보다 잘 알았지만, 방문 판매업을 성공시키기 위해서 신용 판매

제도를 도입했다.

신용 판매, 이른바 외상 거래였다.

외상 거래는 이 시대에 아주 익숙한 거래였는데, 대부분의 가정에서는 물건을 구매할 때마다 비용을 지불하지 않고 월급날 모아서 계산하곤 했다.

신용 거래는 한국인들에게 아주 자연스러운 일이었다.

기존에 허락되지 않았던 스카이 포레스트의 신용 판매는 정찰 판매라는 생소한 제도에 대한 소비자들의 반감을 누그러뜨렸다.

"사장님께서 결단을 내려 주신 신용 판매 덕분에 카운슬러들이 고객을 쉽게 확보하고 있습니다."

신용 판매는 이 시대 사람들의 일반적인 거래 형태에 대한 맞춤 전략이었다.

"3대 원칙이 흔들리지 않게 신경 써 주세요."

"위반 사항을 일으키는 카운슬러들에게 불이익을 주는 한편으로 교육을 더욱 강화하겠습니다."

"시행 초기에 제대로 된 기틀을 만드는 게 무엇보다 중요합니다. 이중 삼중으로 계속 살펴보면서 치밀하게 대응을 해나가며 잡음을 줄여나가야 합니다."

"유념하겠습니다."

"블록도와 고객 카드는 만들고 있습니까?"

"카운슬러들이 책임지고 있는 모든 가구를 지도인 블

록도와 고객 카드를 만들고 있습니다."

블록도는 이른바 스카이 포레스트 화장품 유통 판매 지도이다.

담당 지역 전체의 가구 분포와 위치를 일목요연하게 파악할 수 있도록 작성됐다.

고객 카드에는 가구의 여성 인구, 구매 제품, 타사 제품 화장품 이용 물품, 피부 상태 등에 대한 모든 정보를 수집하여 기록됐다.

블록도와 고객 카드는 화장품에 대한 대한민국의 세밀한 지도인 셈이었다.

발로 뛰어다니는 카운슬러들의 땀과 열정으로 대한민국 화장품 지도가 서서히 만들어졌다.

방문 판매업과 SF 유통의 정착을 위한 모든 정책의 입안과 실천의 중심에 차준후가 있었다.

아니, 빌려 왔다는 표현이 정확했다.

오대양 창업주의 자서전에 있었던 내용을 기초로 해서 더욱 공격적으로 밀어붙였다.

막대한 자금이 뒷받침된 지원으로 인해 SF 유통과 방문 판매가 빠른 속도로 자리를 잡아 갔다.

차준후가 만들어 낸 변화의 물결이 대한민국 화장품 역사를 크게 뒤바꾸었다.

수출을 시작했을 때부터 스카이 포레스트는 이제 국내

화장품 업계에서 1위로 올라서게 됐었는데, 방문 판매 도입 이후 그 격차가 더욱 극명하게 드러났다.

"이제부터는 전무님이 모두 맡아 주시면 됩니다."

"너무 빠르지 않을까요? 이번 업무는 저도 자신이 없습니다만……."

"전무님이라면 지금까지처럼 잘해 주실 거라고 믿습니다."

"짧은 시간 안에 새로운 시장을 개척한 사장님께서 올바른 방향을 설정해 주셔야 제가 제대로 일할 수 있습니다."

"제가 알고 있는 건 모두 알려드렸습니다."

차준후는 자서전의 내용을 하나도 빼놓지 않고 문상진에게 이야기해 둔 상태였다.

"혁명적인 유통을 빠르게 정립하기 위해서는 사장님이 직접 나서시는 편이 좋습니다."

"이제부터는 모든 직원들이 함께해 나가야 하는 일입니다. 많은 직원들을 하나로 묶어서 조화롭게 이끄는 일은 저보다 전무님이 잘하실 수 있어요."

기틀을 세워 놓은 방문 판매는 이제 스카이 포레스트 구성원 모두가 함께 만들어 가야 하는 과업이었다.

그 막중한 과업에서 대표인 차준후가 슬며시 업무를 내려놓으려 하고 있었다.

"사장님은 뭘 하시려고요?"

문상진도 이제 차준후가 업무를 자신에게 많이 전가하

고 있다는 걸 알아차렸다.

처음에는 자신을 신뢰하기에 많은 업무를 준다고 좋아했지만 이제는 아니었다.

그렇기에 곱지 않은 시선을 은근히 던졌다.

"화장품 산업이 단순한 소비, 사치품이 아니라 국가 경제에 큰 보탬이 되는 산업이라는 사실을 알리려면 계속해서 새로운 화장품들을 연구 개발해야 합니다."

차준후는 방문 판매와 관련된 업무에서 손 떼는 핑계를 내밀었다.

"끄응! 사장님께서 이번에도 놀라운 화장품을 만드시려고 하시는 거군요."

문상진이 앓는 소리를 냈다.

신상품 개발!

국내 1위 화장품 업체인데도 불구하고 스카이 포레스트의 화장품 개발은 오직 차준후에게 달려 있었다.

말도 안 되는 기형적인 구조인데, 어떤 화장품 업체보다 눈부시게 잘나갔다.

천재가 새로운 화장품을 개발한다고 하니 말릴 수도 없는 일이었다.

"이 화장품은 시장을 선점하는 게 중요합니다."

"시급을 다투는 일이라는 말씀이군요."

"그렇습니다."

"어떤 화장품인지 물어봐도 됩니까?"

"머드팩입니다."

"진흙으로 만든 화장품이요?"

"네. 마스크팩 이전에 머드팩을 먼저 선보일까 합니다."

"진흙을 얼굴에 바르는 게 팔릴까요? 언뜻 듣기에는 거부감이 들 것 같은데요?"

"머드팩을 즐겨한 가장 유명한 사람으로는 클레오 파트라가 있습니다. 그녀는 동안 피부를 유지하기 위해 사해의 진흙으로 목욕을 즐겨 했었지요. 진흙은 피부미용에 아주 좋습니다."

차준후가 진흙의 효용에 대해서 알려 줬다.

머드는 각종 비타민과 천연 미네랄 등 유효 성분을 다량 함유해서 피부 노화 방지에 탁월한 효과를 지니고 있다.

기미, 주근깨, 잡티, 잔주름 예방에 좋다.

피부 탄력 및 활력 효과가 있어 피부를 매끄럽게 유지시켜 주는 효능까지 있기에 이집트 상류 여인들은 진흙 목욕을 즐겼다.

미래에 보령 머드 축제까지 생기고, 많은 국내외 사람들이 몰려들어 축제를 즐기는 데에는 진흙의 효용성이 좋기 때문이었다.

"갯벌이 발달되어 있는 우리나라에는 좋은 진흙들이 많습니다. 그 가운데 보령 갯벌의 진흙을 최고로 쳐줄 수 있죠."

"음! 이제 진흙을 팔게 되겠군요."

"밀가루 40분의 1 크기의 초미세 입자 보령 머드를 함유해서 만들어야 하니까, 진흙을 판다는 말이 맞습니다."

"진흙이 화장품으로 팔릴까요?"

"좋은 보령 머드를 이용해서 제대로 광고하면 통합니다. 시장을 선점하면 세계에서 원조 머드팩 자리에 올라설 수 있습니다."

사업보다는 제품을 개발하고 연구할 때가 가장 즐거운 차준후였다.

이제 국내 화장품 기업과의 경쟁은 이제 무의미해졌다.

어느새 스카이 포레스트의 경쟁 상대는 국내가 아닌, 해외에 있었다.

세계와 경쟁해야 하는 단계로 서서히 돌입했다.

* * *

1961년 1월의 추운 어느 날.

차준후가 식당에서 음식이 나오기를 기다리고 있다.

그의 맞은편에는 비서실장인 실비아 디온이 젓가락을 손가락으로 어설프게 쥔 채 깍두기를 잡으려고 하고 있었다.

"아! 잘 안 잡히네."

"포크로 찍으면 편합니다."

"한국에 왔는데 젓가락질을 해야죠."

쿵쿵! 쿵쿵!

실비아 디온이 냄새를 맡았다.

"맛있는 냄새가 나네요. 떡국을 먹으면 한 살 먹는 거라고 했죠?"

오전에 미국에 머드팩 제품을 수출하는 업무에 관한 이야기를 하다가 떡국을 맛있게 하는 식당에 와 있는 두 사람이었다.

귀하고 비싸다는 전복까지 떡국에 사용하는 고급 식당이었는데, 이미 식당 안은 손님들로 꽉 찼다.

요즘 들어 많은 현금들이 돌고 있는 스카이 포레스트 인근에 고급스런 식당들이 폭발적으로 늘어나고 있었다.

"맛있게 드세요."

종업원이 두 사람의 식탁 위에 하얀 떡국을 두 그릇 올려놓았다.

"아! 맛있네요."

떡국을 한 입 떠먹은 실비아 디온이 감탄했다.

추운 겨울날 먹는 따뜻한 떡국은 정말 진미였다.

"좋네요."

차준후도 떡국을 한 입 먹고는 감탄했다.

말랑말랑한 떡과 자꾸만 손이 가는 국물 맛이었다.
"한국 생활은 어떠세요?"
"나쁘지 않아요."
"부족한 점이 많죠?"
"……."
실비아 디온이 말없이 떡국을 한 입 더 먹었다.
살아가는 게 미국과 천양지차인 한국이었다.
한국 사람이지만 과거로 왔다는 사실만으로도 힘든 게 사실이었다.
미국에서 온 실비아 디온의 힘들어하는 걸 모르면 멍청한 거다.
"배우는 바가 많아요. 그리고 전 대표님을 바라보고 왔으니까요."
그녀가 차순후를 똑바로 바라보았다.
어딘가 맹한 구석이 많은 여인이었는데…….
뭔가 채워지고 있다는 느낌을 차준후가 받았다.
자신에게서 무얼 보고 배우는지 정확하게 알지는 못 하고 있지만 실비아 디온은 조금씩 바뀌고 있었다.
"제대로 배우셔야 합니다. 그래서 앞으로 세계에서 유명한 무역 회사의 대표가 되었으면 좋겠습니다."
차준후는 비서실장이 원래 역사보다 대단한 사업가가 되기를 바랐다.

언제까지 함께할지 모르는 사람이었지만 자기 사람이었기에 크게 성공하기를 주문하고 있었다. 옆에서 도움을 줄 수 있으면 줄 생각이었다.

"어느 때보다 많이 배우고 있어요. 매일 성장하고 있다는 걸 느끼고 있으니까, 걱정하지 마세요."

진짜 천재는 매일 성장하는 모양이었다.

그래.

미래 지식을 가지고 잘 나가는 천재가 아닌 시대가 인정한 진정한 실비아 디온은 스스로 알아서 자신의 길을 개척해나갔다.

차준후가 걱정할 필요가 없었다.

이제야 그 사실이 마음에 와닿았다.

"대표님은 왜 다른 사업으로 진출하지 않으세요? 제가 살펴보니, 한국에서 덩치가 큰 기업들은 많은 사업들, 문어발을 펼치고 있더라고요."

입안의 떡국을 꿀꺽 삼킨 실비아 디온이 물었다.

전천후 천재인 차준후가 마음만 먹으면 여러 사업에서 두각을 드러낼 수 있었다.

"다른 사람의 기회를 빼앗기 싫어서요."

차준후가 간단하게 대답했다.

대한민국 산업 변화의 바람을 일으키는 주역들이 열심히 땀 흘리며 노력하고 있었다.

"기회요?"

"제가 먼저 자리를 차지하면 사람들이 제대로 기회조차 잡지 못할 겁니다. 닥치는 대로 좋은 걸 모두 차지하는 건 옳지 못한 일이죠."

역사에 대한 참견과 간섭을 최소화하려는 차준후였다.

지금껏 벌인 일들만으로도 대한민국이 나아갈 물줄기를 크게 틀어 버렸다.

이 때문에 어떠한 변화가 일어날지 솔직히 차준후도 알지 못했다.

"옳지 못하다……."

실비아 디온이 조용히 중얼거렸다.

월반을 거듭해서 십대 후반 무렵 대학교를 졸업한 그녀는 평탄한 삶이 아닌 굴곡진 학창 생활을 보냈다.

다른 사람들이 땀 흘려 노력해서 성과를 일궈 내는 걸 이해하지 못했다.

자신보다 더 천재인 차준후가 내뱉은 말이 그녀에게 천둥처럼 울렸다. 높은 위치에서 내려다보는 이야기가 의미심장하게 마음에 녹아들었다.

"어렵고 힘든 난관을 이겨 낸 사람들의 결과물을 제가 손쉽게 차지하고 싶지는 않아요. 그리고 대한민국의 산업을 튼튼하게 만들려면, 여러 사람들이 필요합니다."

대한민국에 있어 넘쳐 나는 건 사람뿐이었다.

대한민국 경제가 부흥하기 위해서는 인력의 창조가 일어나야만 한다.

"대한민국을 위해서 욕심을 억누르고 각 계층에서 인재를 키우겠다는 거군요."

실비아 디온은 커다란 배움을 얻었다.

그녀는 아직 다른 사람에 대한 배려를 몰랐다.

천재였기에 자신이 하자고 하는 모든 걸 누리면서 지내왔다.

그런데 그런 게 오히려 주변 사람들에게 박탈감을 줬다는 사실을 크게 느꼈다.

함께 하지 못하는 삶은 공허하고 외롭다!

대학교 졸업 후 집에서 조용히 지내다가 부모님의 권유로 무역대표부에서 잠깐 일했을 뿐이었다.

"……그렇게 해석할 수도 있겠군요."

차준후에게 있어 과도한 역사 변화는 커다란 아킬레스건이다.

자신의 목줄을 움켜쥘 수도 있는 양날의 검이다.

스스로 자중하며 화장품 본업에만 있는 모습이 실비아 디온의 시각에는 아주 근사하게 보이는 모양이었다.

"하아! 그동안 저는 너무 잘난 체하며 혼자만을 위해 살아왔네요. 그래서 주변 사람들과 어울리지 못했던 거예요."

지금껏 살아왔던 삶이 그녀의 뇌리에 주마등처럼 스치고 지나갔다.

차준후 덕분에 앞으로 어떻게 살아가야 하는지 어렴풋이 그려졌다.

"무슨 말인가요?"

차준후는 이해하지 못했다.

"대표님을 보면서 많이 배워야겠어요."

어설픈 천재인 자신과 달리 주변 사람들과 아주 잘 지내는 차준후였다.

대부분 사람들이 차준후를 좋아했고, 어떻게든 만나보기를 원하고 있었고, 말 한 마디라도 건네기 위해 주변을 서성거렸다.

주변 사람들에게 사랑받고 있었다.

어떻게 해야 사랑받을 수 있는지 차준후가 보여주고 있었다.

"일반인의 입장에서 생각하면 됩니다."

"그래서 대표님이 대단한 거라고요. 전 그게 안 되니까요."

실비아 디온이 어깨를 축 늘어뜨렸다.

그런 그녀를 보면서 차준후는 약간 압도당하는 느낌을 받았다.

천재의 편린을 살짝 엿볼 수 있었다.

일반인으로 살아 보지 못했기에 알지 못한다는 사실을

납득했기 때문이었다.

"제가 알지 못하는 세계의 이야기네요."

"맞아요. 대표님은 모르는 이야기죠."

이야기가 겉돌았다.

그런데도 또 묘하게 이야기가 통했다.

두 사람이 서로 같으면서 다른 이야기를 하면서 맛있는 식사를 하고 있었다.

"너무 고민하지 마세요. 고민한다고 해결된 문제가 아니에요."

"그럼 어떻게 해요?"

"결국 사람 문제잖아요."

"맞아요."

"사람과의 문제는 사람을 만나면 해결되요. 일반인의 마음을 모른다고 했죠?"

"네."

"평범한 사람들의 마음을 천재의 위치에서 바라보며 살펴보세요."

"네?"

"결국 세상은 자신을 중심으로 돌아가는 거잖아요. 아파하고 슬퍼하며 고생하지 말고 즐기며 다가서세요."

차준후가 자신의 삶을 농축된 문장으로 이야기했다.

지나보니 알았다.

사회규범과 질서를 지키며 살아온 삶에서 무엇을 해야 했는지.

한 번 사는 삶이다.

마음이 시키는 대로 하지 않으면 후회하는 법.

"사람들이 미워한다고요? 그럼 어쩔 수 없죠. 미워하지 않게 행동하며 잘 지냈는데도 불구하고 주변에서 난리치면, 들이박아 버려요."

후회하지 않기 위해 깨질 때 깨지더라도 좌충우돌 부딪쳐가며 마음껏 살고 있다.

어떤 삶이 정답인지 누구도 알 수 없다.

오늘 하루만 살아가는 마음가짐으로 행복하게 살자!

"아!"

주변 사람들과의 감정 교류가 잘되지 않는 실비아 디온의 얼굴이 크게 흔들렸다.

지금껏 보여 줬던 건 훈련된 얼굴 표정이었다.

자신의 감정을 제대로 표현하지 못하고 있었기에 그녀는 괴로웠다.

그런데 지금 뭔가 묘한 감정이 느껴졌다.

살짝, 감정을 제대로 교류할 수 있을 것 같은 간질간질한 느낌을 받았다.

"대표님과는 한동안 떨어질 수가 없겠네요. 앞으로 쭉 함께해요."

"이상한 표현은 자제해 달라니까요."
차준후는 떡국을 먹다가 사례가 들릴 뻔했다.
"제가 아직 한국말이 서툴러요."
"문어발까지 알면서."
"그건 제가 공부한 단어라서."
혀 짧은 소리와 함께 배시시 웃는 실비아 디온이었다.
기분 탓일까?
떡국의 온기가 온몸으로 기분 좋게 은은하게 퍼져 나갔다.
그녀의 눈동자 안에 잘 생긴 차준후가 크게 들어찼다.
"흠흠!"
너무 뚫어져라 바라보는 비서실장 때문에 헛기침을 하는 차준후였다.
약간 불편한 식사자리였다.
한국에서 고생하는 것 같아서 점심 식사에 데리고 왔는데, 차준후는 후회스러웠다.
다음부터는 편한 식사를 위해 떼 놓고 와야 할 것만 같았다.

(내가 제일 잘나가는 재벌이다 8권에서 계속)